无论今天过得怎样

与自己跳一支舞吧

花开花落又花开花落，瞬息间的事，

唉，何必那么认真？何必那么伤感？

最主要的，还是把握住发出香味的一刻。

"你的身体不是一座庙宇，

它是一个游乐场，尽情尽心地去玩吧。"

—— 安东尼·波登

山珍海味吃遍之后，我们还是会怀念那碗热腾腾的叉烧饭，再来半个流油的咸蛋，最后再淋上一勺烧腊店自己调制的甜酱油，简简单单，便是我们这代人的 Comfort food，满足餐。

"清晨焙饼煮茶，傍晚喝酒看花。"

每一天都问自己活得好吗。

散散步，看看花，是免费的。

俗得可爱

吃得痛快

蔡澜
日记随笔
精选

（新加坡） 蔡澜 著

中国出版集团有限公司
China Publishing Group Co., Ltd.

现代出版社

序

俞敏洪

　　"东方名家经典"系列中的散文精选集推出来了，我特别开心。开心，不仅因为这一想法的最初创意我积极参与了，而且我本人对于散文这种表达方式也情有独钟。同时，这一创意，也能够成为我和那些著名作家和散文家联结和交流的桥梁。

　　小说、诗歌、散文三种文体，我都很喜欢。高中之前读小说比较多，稚嫩的心灵需要故事的滋养，小说中的人物对读者品格和个性的塑造，常常会产生重大的影响，所以我们说：少不读水浒，老不读三国！从高中到大学，我更多地阅读诗歌，当然主要是现当代诗歌，不仅读，自己也学着写。二十世纪八十年代，诗歌的阅读和写作风靡全国，那种青年的朦胧情感和激情，需要从诗歌中汲取营养和寻找出口。当少年的幻想和青年的激荡开始退潮，我们开始面临的，是平凡的日常和绵延的岁月，这时候，我们的心灵，更加需要润物细无声的滋养。从大学毕业开始，阅读散文就成了我的习惯，并且一直持续到今天。

其实，我们从上学伊始，就一直在得到散文的滋养。十二年的中小学岁月，我们几乎每一个人，应该都或多或少背诵过一些散文，从古文的《爱莲说》《岳阳楼记》《醉翁亭记》，到现代散文《绿》《背影》《雪》，我们都耳熟能详。我们大部分人的表达能力和写作能力，也是从写作散文训练开始的。散文，尽管不如小说扣人心弦，也不如诗歌慷慨激昂，但却如涓涓细流，滋润心田。一盏茶、一杯酒，孤灯相伴，没有比反复阅读精美的散文更加能够让人心平气和的了。

散文读多了，我自己也尝试着写。初中的时候我尝试写过小说，事实证明我的想象力太贫乏，根本成不了小说家。大学时候我尝试着写诗歌，希望通过诗歌打动心上人的芳心，结果"芳心"在读完我写的诗歌后瞬间枯萎。我终于发现我是一个从生活到情感都很朴素平凡的人，用朴素平凡的语言来记录自己的生活和思想，才是最适合的方式。创立新东方后，我一头扎进了新东方生死存亡的经营之中，有很长一段时间既不怎么阅读，也不怎么写作。等到终于意识到生命比生意更加重要时，已经人到中年。终于重新拿起书，拿起笔，开始了只求意会的阅读和随心随意的记录。我一直认为，生命中的一些事情和情感，是需要记录的，而记录最好的方式，当然就是散文。记录，不是为了出版，不是为了宣传，而是为了自己，为了自己一生走来，能够回头去寻找过来的路径。这几年，我也编写了几本散文集，可惜由于文笔和思想欠佳，始终没有什么大气的文字出现。

每每当我阅读到优秀的散文时，我就爱不释手，到今天我还有意无意会去背诵一些特别优秀的散文段落。周围也总有朋友和家长问我，我们的孩子怎样找到优秀的散文去阅读。这些询问，终于激发了我收集优秀的散文，并且结集出版的想法。新东方有自己的编辑队伍，现在又有了自己的推广平台，很多现在活跃在中国文坛的作家和散文家还和我有私交，有了这些条件，我觉得要是不做这件事情，都对不起自己。于是，我跟一些作家谈了我的想法，结果得到了他们的鼎力支持！

大部分作家都著作等身，我们从什么角度来选取作家的散文，变成一本精选集，就成了一个问题。最后，我们决定以"成长"为切入角度。我们希望，这套"东方名家经典"，更多的是为青少年进行编辑，让青少年通过阅读这些名家散文和他们的成长回忆，得到启发和励志，帮助青少年更加美好地成长。通过阅读这些文字，这些著名的作家不再是一个个神一样的存在，而是还原成一个个有血有肉的人，有欢笑有眼泪，有成功也有失落。追寻这些优秀作家的成长脚步和他们对于人生的思考，我们不仅在品味他人的人生发展，更是在潜移默化地设计自己的人生之路。也许，在不知不觉之中，我们走上了一条更加明亮的发展道路。

在我们被忙忙碌碌的日常事务所淹没的今天，我们更加需要阅读来拯救我们的心灵。新东方在过去的几年中，一直在努力推广阅读。近几年来，在我们自己平台上售出的图书数量巨大。其中不光包含市面上一些耳熟能详的畅销品类，还有很多平时稍显冷门的纯文学类的甚至哲学类的图书。由此我们感受到，越来越多的读者正在回归阅读的本质，越发注重阅读带来的精神上和心灵上的愉悦与滋养。因此，我们新东方的这套散文集，也是本着这样一种使命感与责任感，精心梳理编辑，推给广大读者。

在这套散文集之后，我们还会陆续推出越来越多的好作家的好作品。我们希望自己能通过大众阅读与更多的人建立联结。2021年，我还做了一件事，就是开了一家书店，叫"新东方·阅读空间"。买书和读书这两件事，我自己一直没有中断过。现在，我又开始写书、卖书。不过，这个阅读空间作为一个实体书店，我希望它不以卖书为主，而以阅读为主。

人生在世，总要做一些绝对不会后悔的事情，而阅读，就是你怎么做都不会后悔的事情，尤其是当你阅读的是文笔和内容俱佳的散文。

让我们一起打开"东方名家经典"，开启一次愉快的精神之旅吧。

目录

第一部分
蔡澜日记

第二部分
蔡澜散文随笔精选

二 让我们活得一天比一天更好的学校

四 希望是一种不可思议的药

第一部分

蔡澜日记

尽情尽心地去玩吧

所有必须保鲜的食物，我比较相信罐头

所有必须保鲜的食物，我比较相信罐头。

从前阿爸阿妈都说罐头别多吃，多吃对身体有碍，其实当今的冷冻、酱料、干货，多多少少都有防腐剂，而罐头的贮藏，是最靠近天然的。

家里的罐头食物甚多，从小吃到大的有沙丁鱼，也不知道为什么对它产生好感，味道永远是一样的。

开了一罐，发现鱼肚之中有卵，或者有精子，就当宝了，它特别好吃，只是不常见，而且份量极少。

每次看到纪录片中那些数不清的沙丁鱼，被鲸鱼、沙鸥、鲨鱼和其他凶禽生吞，但怎么吃也不会被吃完，就感受到它的生命力。也许，要不是被这些猎人吞了，大海只会剩下沙丁鱼。

葡萄牙是沙丁鱼罐头的王国，每年到了季节，大批沙丁鱼被海浪冲到沙滩，葡萄牙人便在海边生起火来，烤熟了请过客任食，那是一场盛宴。算好时间参加葡萄牙的沙丁鱼节吧，保准毕生难忘。

深夜食堂《回忆》主题曲

　　电视上的常青戏《深夜食堂》，相信大家都熟悉了，也不必多加介绍，对白也有中文的翻译，最不好懂的是它的主题曲《回忆》的歌词。

　　曲子本身改编自爱尔兰民谣 *Pretty girl milking a cow*（《一个榨牛奶的美少女》），而歌词完全改过，网上可以找到：

你吐出的白色气息

此时随风飘走

随着空中浮云

一点点地消逝

远方的高空之中

白云牵着你的手

吸走了你的气息

随着飘荡

似乎是很久之前

河上浮云飘着流动之时

躲开直射的阳光

像只在走廊睡着的小狗

回忆也在天空中

一点点地消逝

在这天空的另一边

还有一片蓝天

在那个什么人也没有的空中

一点点地随风飘荡

　　唱歌的人叫铃木常吉，在 2020 年 7 月 6 日因食道癌去世，终年六十五。

最好吃的自制宵夜，当然以快、靓、正为主

已重复做了不知多少次，最好吃的自制宵夜，当然以快、靓、正为主。

日清鸡汤蛋面是首选，但只是那么吃太寡，如果还要煮其他食材，时间又太长，做完之后睡意全消。

近来发现一种叫"妈妈"的泰国清汤米粉，和日清面同样美味，但也是要加料才够好。

到意大利食材杂货店买 pancetta^① 那天，看到多种面，但一般都得煮上八分钟才熟，也发现有种加了大量鸡蛋的，能在三分钟内煮熟。试过之后，还是要四到五分钟才行。

符合快、靓、正条件，如果再有蔬菜更完美。家中雪柜一向浸有黑白木耳，是在淘宝把文翰的店里买的，本身已经非常干净，浸泡后随时取出加入，就有了面，有了肉，有了蔬菜，但始终担心 pancetta 隔太久会坏。

---

① pancetta，意大利培根。

肉干就没有这种问题，前几天弟弟从新加坡寄来两斤当地最好的"林志源"牌，用剪刀剪成长条。泡面时，和日清泡面一齐放在碗底，注入滚水，又是完美的一餐。

坏的菜是没有自尊心的厨子做出来的

安东尼·波登在 2018 年 6 月 8 日自杀，现在还时不时想起他说过的话：

"坏的菜是没有自尊心的厨子做出来的，他们对生命没有热情，毫不关心。他们只想讨好每一个客人，他们做出来的菜是虚伪的，充满恐惧感和没有自尊心的。"

"你的身体不是一座庙宇，它是一个游乐场，尽情尽心地去玩吧。"

"旅游应该是一个以摇摇欲坠的蹒跚步伐到未知境界的一场享受。"

"功夫可以教会，但个性改不了的。"

"当你活了这一辈子，走过每一条路，你会有一点点的改变，这些改变把疤痕留在你身上，大多数是美丽的，但是让你悲伤的也不少。"

"看你怎么烧奄姆列 ①，就暴露了你是怎么样的一个人。"

"对我来说，生命中如果少掉了小牛熬汤、肥猪肉和臭芝士的话，这生命不值得活了。"

"我并不担心人家当我是一个傻瓜。"

"和人吃一顿饭，你就会知道他很多事。"

"我不必赞同你的话，或喜欢你、或尊敬你。"

---

① 奄姆列是 Omelette 的音译，是煎蛋的意思。

2023 年 1 月 1 日　周日

* * * * * * * *

我做过的事，都是积少成多

这本日记从 2022 年 8 月 18 日，我八十二岁生日那天记起，直到 2023 年的今天，也有几个月，几十篇，可以出书了，也能赚几个钱。

我做过的事，都是积少成多；写过的书，也是那么一篇篇的文章累积而成；财富，来自一分分的储蓄。总之先耕耘，再问收成。

有时也不用金钱来衡量，像微博是以粉丝来计算，过程之中得到的友谊才是最重要的。

跟随我多年的网友，我都把他们升级为"护法"，像武侠小说人物一样，很是有趣，大家互相的关怀，在文字中感受得到。

比起微博的粉丝数字，Youtube 的才是少得可怜，但不要紧，一位位地争取，以各种形式来增加，我不会停下来。

怎么竞赛，时间还是会跑在我们的前面，但当回头一望，又有一种新的成就感。

这就是"恒心"真正的意义吧！

日本咖喱

像拉面一样，最初的日本咖喱，是很难吃的。精益求精的态度下，他们把质量提高，最后变成了"国食"。

最初的咖喱并非向印度学习，而是抄袭英国人的吃法。明治初期有许多留学生去了英国，夏目漱石也是其中之一。

一直没有学好，咖喱酱淡若水，香料也下得不够浓，但是仪式抄得十足。叫了咖喱，侍者会捧上一大堆配料，包括葡萄干、干椰丝、酱菜等。当今你到帝国酒店的咖啡室去，还能体会这一切。

能这么受欢迎，都得拜赐于小孩子。他们吃厌了学校供应的午餐，对这种又甜又香的酱料很感兴趣，回到家里都要求父母做。

现成的有 S&B 产的"黄金咖喱 GOLDEN CURRY"，一点也不辣。今天去超市看到"LEE 咖喱"，想起韩国徒弟亚里巴巴，你知道韩国人最爱国的，但一看到这种有十倍辣酱的日本咖喱，即刻爱上，我也一见到就马上买给他，这是做师父的一点心意。

过年还是继续谈吃较过瘾

过年还是继续谈吃较过瘾。

听说有一档"低温炸猪扒"登陆香港，怎可不试？

什么叫低温呢？如果是牛肉的话，生的少量吃没事，但是猪肉不行，会携带大量细菌，吃了食物中毒！

传统的炸猪扒，一向是高温处理，直到一个叫水岛弘史的大厨改变这一观念。他是把生猪肉沾上一层薄粉后，先用冷油慢慢浸泡，同时逐渐地把温度加高，经三两次，拿出再放回去炸成。

陪我去的是位专家，问该店的师傅说，最后一次也要用高温锁住油吧？对方知道高手来到，鞠躬称是，最后一次得把油温控制在 180 度才行。

外表看不像传统的棕色，而是发白，故也有"白色 Tonkatsu①"之名。

---

① 日语中"猪排"一词的罗马音。

午餐一份 580 块，另有炸生蚝 80 块和"鱼喜"鱼 120 块，晚餐加至 980 元。店名"低温炸白色猪扒·白樱"，地址：中环威灵顿街 43 号。

泰菜名厨

教人煮菜的，还有一个叫 Marion Grasby（玛丽珑 · 盖瑞斯比）的混血儿，专做泰国料理。这是理所当然的事，因为妈妈叫 Noi，是位泰菜名厨。

玛丽珑本来也可以成为专家的，什么不懂向母亲请教即刻做得出，但她并没有这么做，尽管炮制一些简单的，很容易学。

还学不会吗？不要紧，买她大量生产的酱料就行了，任何食材加上一两包，放进锅中兜两下，即刻完成。

这条路走对了，玛丽珑长得胖嘟嘟的，又不太过肥胖，戴个长方形眼镜，很得西洋观众喜欢，她出的料理书，也是选简易的，主要用来推销自己的产品。

她以参加 *Master Chef* 打出名堂，但并没胜出，不要紧，只要懂得对镜头傻笑就行。

美国观众多数是胖的，看她拼命做菜拼命吃，也没像他们那

么肥大，即刻接受，目前她的产品卖到美国的各个超市，身价已
有七百万美金。

　　命好也有关系吧？

并不是每个人对味觉都感到好奇

　　并不是每个人对味觉都感到好奇，说他们不会吃，是不公平的，他们只是对吃惯了的食物不想变更而已。

　　近年来我也有越吃越简单的趋向，容易对新味觉失去兴趣，不想试了。举个例子，吃过了多家新派韩国料理，只觉得首尔的新罗酒店 SHILLA HOTEL 顶楼那家较为突出，其他的均感失望。听到有新开的，也不想去了。

　　例外的还有在 M+ 博物馆中的韩国菜，味道不错，但只有一道野生鲍鱼炮制得软熟，其他菜一点印象也留不下。

　　除非有信得过的友人推荐，不然我还是更爱吃传统韩菜。

　　金庸先生也是一位只喜欢习惯味道的人，以江浙菜为主，偶尔吃点牛扒，或来一两件手握寿司，其他的不碰。

　　一起旅行时，他知道我爱尝新东西，拼命迁就我，看到什么黎巴嫩羊肉刺身，或者吸印度的咖喱羊骨髓，只是皱皱眉头。当今想起，真是难为了他。

有些花，要多了才好看

有些花，要多了才好看。

像一树林的樱花、几万亩的向日葵，像满地都是的熏衣草和一望无际的黄色菜花。

所有的蔬菜之中，我最爱的就是这种日本人称为"菜之华（Nanohana）"的植物。通常他们是用来插花的，但我喜欢的是它独特的苦味。

屈指一算，应该是菜之华的季节，市面上为什么还看不到？想念它的味道，想念到舌头越伸越长。

先到专运日本食材来港的 OISIX，被告知要等至二月，虽然即刻来临，但有没有更快的？问 C!ty'Super，听说有货，一早即刻驱车前往。不见，说飞机迟飞，下午再去，还没有送到。翌日早上又看了一看，原来货运机因跑道冻结飞不起。再苦苦等了另一天，还是没有，放弃等待。好在同事知此事，查了一下，知道已经来了，替我买了六盒，每盒 120 克，等于 2.4 两，要卖六十六块港币，应该是世上最贵的蔬菜之一。

　　到手后即刻用滚水烫，此菜与我们的菜心不同，一煮就烂，苦味尽失，只能淋一淋。终于吃到，把那六盒全部吞下，饱饱，想不到吃菜也会饱。

人家问我："什么是人生？"

人家问我："什么是人生？"

"吃吃喝喝。"我总是那么回答。

其实吃多了，喝久了，懂得一些，明白一点，比较一下，就知高低，不知道的就问，学问、问学，就这么产生了。

如果单单是吃吃喝喝的话，那么不叫人生，那叫猪生。

一面学习，一面享受，多快乐呀。

学到的是，虽然吃，但要适量地吃，不然一定吃出毛病来。学到的是，虽然喝，但最好浅尝，不然酗酒，一定中毒。

道理就那么简单。

妈妈的狡兔三窟教训，是除了正职之外，培养一些兴趣，有了兴趣，多加研究，成为专家，像吃吃喝喝一样，变成求生本事。这种本事一多，人就不怕老。不怕老，是人生的第一课。

日子过得一天比一天快乐，是第二课。

至于第三课，是不怕痛。生理的痛，可以大吞药丸，思想的痛，不想就没事。

不懂就问就学的学问，在人生最为重要

不懂就问就学的学问，在人生最为重要。

当今有了手机，一查就出，这是你问的结果，这是你的财富。

好在我从小就喜欢问，先问吃，再问喝，后问快乐。

把空余的时间，用来问你不懂的事和物，是最过瘾的了。

司机辞工，好友 Tommy 帮忙我几天，他本身是一位飞车手，对摩托车和汽车很有研究。汽车是我最弱的一环，一点兴趣也没有，但有那么一个专家在旁，不问白不问。

这些日子以来，我问了美国车、德国车和日本车的分别，引擎或电动的好坏，什么车子坐了最舒服，等等。成了百分之一的专家。这些知识都已经是我的了，别人拿不掉。遇到喜欢车子的女人，也可以大谈一番。

我喜欢发问的习惯，令我和友人在日本百货公司购物时，利用空档跑到香水部门这种试那种闻，在短期内也成为百分之一的专家。相信我，日后很好用的。

"人生在世，还不是有时笑笑人家，有时给人家笑笑"

原标题：笑

近来勤练的书法，内题常含有"笑"字，如林语堂的句子："人生在世，还不是有时笑笑人家，有时给人家笑笑。"

脸上一直挂着笑，不是白痴吗？

笑有很多种，怎么坏也不会坏过哭。最讨厌的只有奸笑。

脸上挂着笑，对方总有好感。笑可以笑得高贵，一过火了就变成淫笑，女人看到了即刻逃避，没好处。

年轻时，总不屑笑，觉得这是老土，还是做忧郁状较受欢迎，再不然就来个愤怒形，但一长大，发现人生已够苦，这是没用的。

家庭的压力已把你变成不会笑的人，只有躲在工作以外的打游戏中，或养鸟，甚至把沟渠中的浮萍捞回家中，看它长大，就笑了出来。

一有欢乐，就会更深一层地研究，以为自己是专家时，才看到书中早已有人写过，而且是几百年前的事。这时候你就笑不出来，只有去找别的东西让你笑了。

"过去伤害不了你，未来也伤害不了你，伤害你的是你的记忆，伤害你的是你的幻想"

原标题：Sadhguru 名言（上）

　　Sadhguru 并非一个神学家，他是一个印度的哲学家。浅白的道理，换一个东方的角度来看，令许多外国人折服。名言如次：（一）"这世上没有绝对的好人和绝对的坏人，两者互相跳来跳去，但是绝对有智者，或者笨蛋。"（二）"自觉是发现自己有多愚蠢。一切都摆在你的眼前，只是你没有看到罢了。"（三）"过去伤害不了你，未来也伤害不了你，伤害你的是你的记忆，伤害你的是你的幻想。"（四）"如果你想超越自己，你需要有一颗发了狂的心，和清醒的脑筋。"（五）"传统并非重复，它是利用上一代的智慧，去创造新的可能性。"

作为一个写作人，我只是半路出家

原标题：写作人

作为一个写作人，我只是半路出家。

很羡慕那些说话滔滔不绝的，他们才有条件写作，讲得出就写得出，一下笔长篇大论，这是我做不到的。

在邵氏公司任职时，还遇见过一位来自中国台湾的同事，他不但可以和我谈论半天，有时还能自言自语，真厉害。

我从小寡言少语，因为我觉得言中无物最没趣，也造成我的木讷个性。出来社会，这种行为不受欢迎，才拼命改正。

努力之下，我的话才多了几句，结果还能上电视做清谈节目，但也得有其他两个好友的配搭才敢做。比较之下，我的话还是最少，故经常自嘲：反正酬劳一样，为什么要说那么多？

写作也是努力后变成习惯，篇幅够了，出版第一本书，再下来就是第二第三第四。当今自己到底有多少本书，也记不清楚。

别人以为我对文化有使命感，但我自己看到的，只是花花绿绿的钞票而已，惭愧。

天赋

不能否认，我在某方面是有点天赋。

我很幸运，父母的遗传让我得到独特的嗅觉，对食物十分敏感。

举个例子，像我们几个好友昨晚去吃饭，上了一条马友鱼，用花雕蒸出来的，我吃了一口，就闻到一股防腐剂的味道，经我那么一提，大家也感觉到了。

当今的海产多数是冷冻的，"冷冻"的意思是放在冰格中，已经僵硬，另一种是"冰鲜"低温处理，事前都得浸一浸防腐剂，这点我分辨得出。

我的所谓才华，是比较出来的结果。我并不懂得吃，我只会比较。和邻店比较，和邻县邻省比较，再到外国去比较。

我下了很多功夫、时间、金钱后写出来，大家认为有点道理，就相信了我的话，所以写吃的方面受欢迎。但是如果我不勤力写，那就只有几位好朋友知道而已。

一切还是靠努力，天赋是没用的。

* * * * * * * *

SUKIYAKI

今天，偶然有人提起 *SUKIYAKI*[①] 这首歌，就不知不觉地哼了起来，试译歌词如次：

仰天望，向前走，别流泪，想起春天，一个人孤单的夜晚。

仰天望，向前走，数着布满了星星的天空，想念夏天，一个人孤单的夜晚。

幸福在云上，幸福在太空。

仰天望，向前走，别让眼泪沾满衣襟，边走边哭，一人孤单的夜晚。

想念秋天，一个人孤单的夜晚，悲伤在星星的背后。悲伤在月亮的背后。

仰天望，向前走，别让眼泪沾满衣襟，边走边哭，一个人孤单的夜晚，一个人孤单的夜晚。

---

① 日语中"寿喜烧"一词的罗马音。

结果在美国的流行曲榜上大红大紫，美国的唱片商为了让听众记得，以一个完全无关的 *SUKIYAKI* 为题。

对于日本，此曲有深远的意义，二战后的日裔被关在美国的集中营，在敌人的眼中，他们永远是邪恶的，直到 *SUKIYAKI* 的出现，他们才抬得起头来。

也应该为它正名了吧——《仰天望，向前走》。

泰国零食

我是一个零食大王，看电视时必吃，座椅旁边摆满，吃个不停。

零食不一定是甜的，酸、咸、苦、辣，皆美，而各国的零食中，做得最出色的，是泰国。

首先，是炸猪皮，香脆到极点。到了清迈，你可以看到整条街都在卖，各有各炸，一定有一种你会喜欢。

当成正餐也行，它们和糯米饭一起吃，就是丰富的一顿。

泰国人对零食特别有想象力，什么都有，喜欢冬阴功的，可制成多种相同味道的，还能以腰果或椰子为原料，研发出更多的产品。

我每次到九龙城的泰国"昌泰"杂货铺，都能找到新零食，先买一点来试试，适口了就大量购入。

老板娘也爱零食，见到我必介绍新的。今天推荐的是白糖腌制罗望子，她说一收工就吃个不停。拿回家试了，大叫一声："英雄所见略同！"

茶

喝茶已经是我日常生活的一部分，一早起来第一件要做的事了。

认识我的人都知道，我最喜欢最爱普洱，越浓越好，似墨汁最佳。这个胃，已经训练到铁打的了，醉茶这种毛病不会发生在我身上。

普洱是一早买的，趁还没涨价，所存的旧茶够我喝到老。要是当年没有这个先见，照目前的价钱，可能喝穷。

戴伟强兄是位好朋友，他是杭州人，每年必寄明前龙井给我，我不舍得喝，都转送朋友，日子久了，忘记龙井的美味。

自从他去世之后，我开始打开那熟悉的纸包装，是"狮峰龙井"的"凤篁岭"出品。这一喝，不得了了，上了瘾，所以每早除了普洱之外，还要来一杯龙井。

龙井不必用紫砂壶或茶盅，它很干净，就那么放进玻璃杯中，冲热水即可饮之。我用了一个大杯子，那是喝威士忌加冰时用的，隔着透明的杯子，细观茶叶沉浮，又多了一种人生乐趣。

配额

当然，那几杯红酒不至于令我不省人事。晚上到了，在好友张文光家吃饭，他拿出一瓶 18 年的"山崎"单麦芽酒，一入喉，醇厚无比，又即刻大饮。

现在国内的威士忌大行其道，我早就预言，对外国烈酒的接受，一定先从白兰地开始，它的市场战略非常厉害，又甜甜的，容易喝进口，掺什么其他饮料都行，必定先受欢迎。

再喝下去，觉得糖分太高，有点腻了，才进入喝威士忌的阶段。其实天下饮者到最后的共同点，都喝此酒。

威士忌的老祖宗是苏格兰，我们要回到它的怀抱，还有一点距离。忽然之间大家都大赞日本单麦芽威士忌，抢着去喝。

日本人做事一板一眼，向最好的去学，那就是泡在悉尼木桶里的原味——它最正宗。我们现在喝的有多种其他的木桶味，甚至于泥煤味，都说那才是好的，嫌悉尼桶不好喝，真是莫名其妙。是的，得有一段距离，才能真正欣赏。

月亮是个转播站

我们已准备好在南斯拉夫过中秋。

前一阵子，一批工作人员来到时，已带了四盒月饼。

月饼又甜又腻，是我最讨厌的东西，但是，到时我也会吃一口吧。

"放那么久，不知道会不会发霉呢？"同事问。

"霉了也吃。"我说，"把那几瓶白兰地开了，消消毒。"

"唔。"同事点点头。

头上，看到快要圆的月亮。

"你说，"同事问，"人已上去了，我们还拜个甚么鸟？"

"那不是月亮。"我说。

"不是月亮，是什么？"

"是个转播站。"

"转播站？"

"到了八月十五，它会通过时间、空间，把感情转播给李白、给黄山谷、给曹雪芹、给丰子恺、给你。"

说烧味：我们这代人的满足餐

住在香港多年，记忆最深的，是刚到香港时吃到的那碗肥叉烧饭，那一片片红彤彤的叉烧，渗着蜜汁，滴着肥油，诱人至极。说起来，也是半个世纪前的事了，到了现在，一份简单的烧腊饭，还是那么受大家喜爱。

首先得搞清概念，所谓"烧腊"，其实分为烧味和腊味。腊味包括了腊肠、腊鸭等，都是提前腊制好，吃之前蒸熟即可以食。广东话里"烧"就是"烤"的意思，烧味就是烤制的肉类，所以叫作烧味。

烧味的种类颇多，最容易制作的，还是叉烧。多年前的叉烧还是很讲究的，饭上铺着两款叉烧，一边是切片的，一边是整块上，让人慢慢嚼着欣赏。叉烧一定是半肥瘦吗？怎么分辨肥瘦？很容易，夹肥的烧出来才会发焦，有红有黑的就是半肥瘦。

后来大家怕肥，就放弃了丰腴的肥肉，用全瘦的肉来做，烧出来的肉依然香甜，但肉质如同枯枝，广东话用"柴"来形容，最贴切不过。

叉烧本是平民食物，高级餐厅很少供应，后来有大厨开始用西班牙伊比利亚黑猪来做叉烧，肉质软滑多汁，大家惊为天人。如今各大餐厅都以这种猪肉来做叉烧，价格越卖越贵，甚至在叉烧上铺上鱼子酱来提高价格，实在穷奢极侈。

我欣赏的，还是朴实的烧味，凭腌制的配料与烧烤的火候，炮制出来的叉烧，才是厨艺。单靠堆砌高价食材当成卖点，最让人看不起。

烧味虽然价廉，但家家户户都爱吃，所以别小看烧味，镛记就是靠烧鹅起家，做到驰名世界。

香港的烧腊店无数，当年的镛记始终是最用心的。会做烧鹅的餐厅很多，但每一个细节都一丝不苟的，没有几家。举个例子，镛记所用之炭，是来自马来西亚的"二坡"，火力猛烈方能烧出原味，这是多年经验得出来的结果。重视每一个细节，才能由一个小小的大牌档，做到建造一栋大厦。

有些时候，到同一家店吃，烧鹅的味道与口感也会不同，偶尔吃到比较老的，以为厨房没处理好，其实鹅肉一年之中，只有在清明和重阳前后的那段时间最嫩，其他时候吃，免不了有僵硬的口感。

烧鹅好吃，所以大家都放弃了吃烧鸡，改吃白切鸡。很奇怪的，白切鸡完全不需要烤制，但也被大家归纳作烧味，凡烧腊铺，定必有白切鸡卖。

我对鸡肉兴趣不大，觉得没有个性，倒是用来蘸白切鸡的姜葱蓉非常美味，用来拌饭，可连吞三碗。

烧味之中，最花时间的应该是烧猪了。

原始的做法，是在空地里摆一大片盖屋顶的铁皮，生红红的炭，铺在铁皮上。用一根大铁叉，插住了一只乳猪，就那么将猪烤起来，油一滴滴滴在炭上，发出"嗞嗞"的声音和一阵浓烟，香味扑鼻。

烧出的皮亮光光，这是潮州人的吃法。

广东人烧的不同，先上酱，有蜜糖和淮盐，以及酱油等，待干之后，再用刺针，把皮插成一个个小洞，烧出来的皮叫芝麻皮。因为小洞变成了一个个的小泡，像一粒粒的芝麻，与光皮的比较，各有特色，但同样的酥脆。

大家有个印象，都觉得烧猪必须趁热吃，猪皮一冷就不脆了，吃烧猪就是为了吃这层脆皮，如果皮不脆，还不如吃蒸猪。其实以往用炭火烤出来的猪，猪皮受热均匀，即使放十来个小时，依然酥脆，但当今大家都改用电炉，已吃不到往昔那种味道了。

烧猪的皮是主角，皮下那层肥膏也很美味，肥而不腻，又香又滑，令人回味。现在的人都不大敢吃猪油，餐厅为了迎合，竟将那层可口的脂肪去掉，实在可笑。如果怕肥，少吃就是了，谁会想到把猪油削掉这种吃法呢？

很多人都说在香港吃饭越来越贵，幸运的是我们还可以用合理的价钱，吃到一碗烧腊饭。烧腊是平民的食物，也是大家成长的回忆。山珍海味吃遍之后，我们还是会怀念那碗热腾腾的叉烧饭，再来半个流油的咸蛋，最后再淋上一勺烧腊店自己调制的甜酱油，简简单单，便是我们这代人的 Comfort food，满足餐。

第二部分

蔡澜散文随笔精选

我认为自己有胜利的气质

一　活下去，
　　就得活得一天比一天更好

活下去，就得活得一天比一天更好

我们这一代，看到第二次世界大战的终结。

野蛮的日本军阀投降，残兵穿着破烂衣裳，到我家门口乞食，家父并不白白施舍，嘱彼等把一块荒芜的地收拾干净，付出了劳力才给钱，他们很高兴地上路的背影，印象犹深。

生活开始转好，家父不知从哪里弄来一个玩具，是辆草绿的美国大兵吉普车，铁皮做的，车头画着一颗星。车内有两个脚踏，一前一后地推动，整辆车便能行走。第一次拥有此舶来玩具，神气得很。

家中拥有第一部电话，是那么喜悦；收音机巨大得很，里面的呼声就很小，一个木箱子不停地播出广告，清晨一早传来《溜冰圆舞曲》，令我们一群小孩对古典音乐有了认识。

我们这一代，开始读《希腊神话》。知道除了孔子的"已所不欲，勿施于人"，还有一个更广阔的思想世界，等着我们去发掘。

从书本中我们认识什么叫作言论自由，我们认识什么叫作军国主义，我们认识什么叫作独裁者。

新闻不是从电视机看来的，那是在电影院里，正片尚未上映之时，来一段黑白片，首先出现一只白色的公鸡，拍拍翅膀，长鸣一声之后，便有伊丽莎白女王结婚、生子。查尔斯皇储逐渐长大，把两只手放在背后，学他父亲散步。

我们这一代，看到英国殖民主义的结束，非洲国家独立之日，当地英国总督临上船前，和新领袖握握手，说声"今天是好日"，以为是日常客套话，出口才知道说的对自己国家不利，即刻尴尬地收声（粤语方言，指闭嘴）。

美国的霸权主义抬头，在越南的势力最强，喜欢就支持一个贪污的总统，不高兴就派情报局人员参加暗杀行动。

我们这一代看到了肯尼迪遇刺的新闻，也看见了美国大兵从西贡的大使馆楼顶坐直升机逃走。

对苏联的认识，是赫鲁晓夫在联合国中脱了皮鞋大拍桌子，对美国人说："我们将把你们埋葬！"

结果却听到赫鲁晓夫死去，埋葬的是他自己。

再没有比马科斯倒台那么过瘾的，从他老婆闺房的那四千双鞋子，看到他贪污的亿亿万万。新闻片段拍摄了他们夫妇收藏的"名画"，张张都是低俗得不能再低俗的口味。

我们这一代，也悲哀地看到和我们一起成长的电影明星一个个地消失：詹姆斯·邦德、玛丽莲·梦露、蒙哥马利·克利夫特、猫王、约翰·列侬、奥黛丽·赫本、格蕾丝·凯利，数之不尽。

崇拜的文学家——老舍、丰子恺、周作人等，也都一一谢世。

往好处想的我，只能说除了做历史见证，我们的生活质量不断地提高。

从一个发出沙沙声的七十八转黑唱片中，听到镭射光盘中最清晰的音乐和歌声。音响的进步，比视觉快得多。视觉的变化，只由舞台变电影、电影变电视、电视变录影机，最后还是变回舞台去。

出版的发展，已达到顶点。古代书法家的字帖，我们看的比前人多出多少倍！字还是写不好，应该打屁股。在各大图书馆中，任何分类的书籍都那么齐全，世界各国的名著都有翻译本可以阅读。报纸杂志也令我们得到最新的知识。

电子数码科技，加上无数的人造卫星，这个世界上已经没有新闻封锁，领导者如何愚蠢，也不可阻止人民知道别的地方生活质量正在提高。

我们这一代，经过那么多的知识输入，还不懂得坚持一点点原则的话，那么我们是白活了。活下去，就得活得一天比一天更好。这与贫富无关，是知足，是常乐。

大难临头之前，已抢先去做走狗和太监，活着等于没活。精神已死，已不是活不活下去的问题了。

寻开心

"寻开心"这个字眼，原有贬义，是无赖的行为。

"你在寻什么开心？"当对方说这句话时，是骂你无事找事做。

现代的诠释已经不同。做人，的确是要寻开心，才是积极，快乐由自己创造，从书本，到音乐，种花养鱼，都是开心的泉源。

家庭主妇买菜，为了能够减一两毛钱，也乐个半天。到超级市场格价①，看哪一家的面纸卖得便宜一点，一天很快地活过。

不过愈来愈信宿命论，不开心的种，养出不开心的人，父母闷闷不乐，做儿女的要挤也挤不出一个笑容。快乐与否，完全由天生个性决定，再努力也没有用。除非你是一个以为人定胜天的人，这种"以为"的态度，已是积极。改变个性和命运的例子，还是有的。

回顾一下，有什么事能令你大笑一场？那么，重复去做吧！

---

① 格价，比价的意思。

绝对没错。我说过的一天活得比一天更好，是生活质素的提高，不一定靠金钱，但需要努力，花时间研究任何事，结局都能变为专家，一变成专家就能卖钱。烦恼不断地出现，有什么方法应付？学《花生漫画》的史努比呀！在草原上跳舞，大叫"日日是好日"。

或者，在意别人怎么看你，又烦恼了。再次学史努比呀！在草原上跳舞，大叫："一万年后，又有什么分别？"

李登不开心，背了几个相机到处拍照。我也想做点事情让自己开心一下。想，是不花钱的，大家寻开心去也。

才女

当代的才女，必须受过大都会的浸淫：上海、伦敦、巴黎等。用中文的，更非在香港住过一个时期不可，这里曾是中国顶尖人物的集中地。

眼界开了，接触到比她们更聪明的男女，才懂得什么叫谦虚，气质又提高到另一层次，这是物质上不能拥有的。

去美国也行，但只限于纽约。当然，纽约不应该属于美国，它和欧洲才能搭配。即使不住纽约，最少也得生活在东部，像波士顿，说起英语来，才不难听。

最忌加州，那边的腔调都是美国大兵式的，而且每一句话的结尾，全变成一个问号，听起来刺耳，非常讨厌，气质即刻下降一格。

除了这些大都会，印度、尼泊尔、非洲、中东、东南亚，甚至南北极，都得走走，学习人家是怎么活的，懂得什么叫精彩。

才女必须热爱生命，充满好奇心，在背包旅行年代，享受苦与乐。如果是由父母带去，只住五星酒店，也不够级数。

基础应该打得好，不管是绘画、文学、电影和音乐，都得从古典开始着手，根基才稳。一下子乘直升机，先学抽象、意识流、新浪潮和 Rap，以为那是最好的，就走入了歧途，永不超生。

时装虽说庸俗，但也得学习。尽看当代名家，不知道古希腊人的鞋子之美，也属肤浅。首饰亦然，有时一件便宜货，已显品位。

爱吃东西，更属必然，这是生活最原始的部分，不得不多尝。试尽天下美味，方知什么叫最好，因为有了比较。这么多条件，一定要有大把金钱撒？那也不一定，有了勇气，在任何环境下都能生存，从中学习。

做人总会出错，改过重来就好

今天，又做错了一件事。提起铅笔，把过程记载下来。

写作人多用铅笔，像斯坦贝克（20世纪美国著名作家）和海明威，记得亦舒也喜欢。当今的，别说铅笔，什么笔都不碰，改用计算机。

这管东西，名字中有一个"铅"字，其实古代的罗马人才用铅块书写，到了近代，所有铅笔里面一点铅也没有，用的是一种叫石墨的矿物质。石墨最早在英国发现，产量很多，德国铅笔全靠英国输入。打了仗，禁运起来，德国人差点没铅笔用。当今发现打仗是错的，大家通起商来。英国货贵，德国人向中国买石墨。

中国石墨产量惊人，一早就输出到美国去。美国铅笔多数是黄色的，应该是他们认为来自黄皮肤的地方吧。

至于以为铅笔头上有块树胶擦，也是种错误，现代铅笔的头，用的都是人造胶，和树胶拉不上关系。你用的这支铅笔，既不是铅，又不是橡胶，除了木头，都是假象。错误犯多了，犯久了，不去注意的话，也就当真了。我们生活在错误中。

做一支铅笔花费的木头不多，但全球的人用起来，就是天文数字。人类发觉对大自然造成的错误，规定铅笔制造商要种树，种多少用多少，参加这个国际组织的铅笔产品都有一个环保的标志，注意一下才购买好了。

小时候一发脾气，就把铅笔往大腿上插，留下的石墨头，久久不散。

做人，总会出错。当今用铅笔是提醒自己，错了就用橡皮擦擦掉算了，重新来过，没什么大不了的。

可以疏狂，但不要伤害他人

亦舒看了我一本书，叫《狂又何妨》，说我这个人一点也不疏狂，竟然起了那么一个书名。哈哈哈哈。我也不认为自己疏狂，出了七八十本书，所有书名都与内容无关，只是用喜欢的字眼罢了。

中国诗词有一模式，也不自由奔放。到了宋朝，更引经据典，晦涩得要命。诗词应该越简单越好……

整首背不出来，记得一句，也是好事，丰子恺先生就爱用绝句中的七个字来作画，像"竹几一灯人做梦""几人相忆在江楼""嘹亮一声山月高"，只要一句，已诗意盎然。

继承丰先生的传统，我的书只用四个字为书名，像《醉乡漫步》《雾里看花》《半日闲园》，发展下去，我可以用三个字、两个字或一个字。

有些书名，是以学篆刻时的闲章为题，《草草不工》《不过尔尔》《附庸风雅》等，也有自勉的意思。

《花开花落》这本书的书名有点忧郁，那是看到家父去世时他儿孙满堂有感而发。

大哥晚年爱看我的书，时常问我什么时候有新的。我拿了这本要送给他时，他已躺在病榻上。踌躇多时，还是决定不交到他手上。

暂居在这世上短短数十年，凡事不应太过执着，眼见越来越混乱的社会，要是没有些做人的基本原则，更不知如何活下去。

家父教导的守时、重友情、做事有责任，由成长至老去，都是我一心一意牢牢抓住的，但也不是都做得到，实行起来很辛苦，最重要的，还是要放弃以自我为中心。

艺术家可以疏狂，但疏狂总损伤到他人，这是我尽量不想做的事。心中是那么羡慕！"疏狂"二字，多美！

生存篇：多学一点，自信就会一直增加

年轻人处世经验不多，面试时会感到不安、惊怯。但只要你知道，大家都是人，人人也是平等的，便不会紧张。

一个人一生中最需要储蓄的，是说实话的本钱。年轻人还没有大本事，你面对同事、上司，怎可能随便给人脸色看？明明碰上看不顺眼的人和事，你只有逆来顺受，要一点虚伪也要圆滑，建立了相当的自信和说服力后，便有了说实话的本钱。

在这里生存，真的是不容易，因此，你必须确保自己懂的比他们多，一点一点地累积他们对你的尊重，你要获得他们认同，不可能是一夜之间可以达成的。

做食评人全因当年父母来香港，我带他们去一处好有名的地方饮茶，需要等很久，那些侍应的嘴脸又不好，我便说要改善生活，以后朝这方向发展。

个性内向不是你的错，工作能力方面，有些人永远太蠢太钝，这也是改不了的。我认为一直保持着一份热诚就是了。任劳任怨

又何妨？一定会遇到欣赏你的人。

打工者，有三条路可走。一是忍，那么平平庸庸地过一生。二是走人，东家不打，打西家，但是这种用离开来逃避的人，会上瘾，今后永远打完一家又一家也没好结果。最后是一面打仗一面准备后路的人，这种人比其他人有更多出人头地的机会。

去争取，不断地减少你上面的人。争取到你自己是最高的那一个，你就有足够的权力去分配时间，当你做到最高时，就没有很多人可以左右、支配你了。在你得到老板信任的同时，他就会给你很大的自由度。

三十岁前我没写东西，当时为一份职业已经做得很辛苦，一直为生活奔波，三十岁后才慢慢赚到钱，有能力去买想买的东西，做想做的东西。储蓄有两种，一种是精神上的，一种是物质上的，前者才是重要的，我觉得钱到足够时，就不须花太多时间去烦，因为不值得。

认真与潇洒是没有矛盾的，因为若处事不严谨，就没有潇洒的条件。一塌糊涂的人生，不叫潇洒，叫混乱；处理好自己的事，打好基础，然后才潇洒得起来。成功的人，才有资格被形容为潇洒；而成功是没有侥幸的，背后一定有着刻苦努力。

一间公司的盛衰，就像一个循环不息的周期般，有起亦有跌，电影圈也是如此。一间电影公司不容易做到长久兴旺，因为电影市场是随着观众口味转变而不断起跌的。就算是电影公司本身的管理制度，也随着时代不同，而不得不做适当的改变。

　　和好朋友聊天，无忧无虑，那是最基本的人生快乐。人生需要有一技之长，让自己相信可以靠这个为生。对自己有自信，确定任何事情都一定要做好；多学一点，自信就会一直增加。

做生意的过程，也有无穷的乐趣

从前，认为"生意"这两个字是肮脏的字眼。

现在自己做起生意来，觉得乐趣无穷，并不逊于艺术工作。其实做生意，也在不停地创作呀。生意越做越好，就把这两个字慢慢分析。哎呀呀，这一分析可好，原来"生意"是"生"的"意识"，多么灵活，多么巧妙！

别的地方，做生意不易；在香港，却是满地的机会，等你去拾。

不熟不做，这句话只对一半。不熟不做，不是叫你除了老本行，什么事都别去尝试。真正的意思，应该是对一样东西深切地去了解之后，才去做。

所以，要做生意的话，一定先成为专家才行。

张君默夫妇对玉石研究极深，现在卖起古玉来，头头是道，生意兴隆。

古镇煌卖古董表和钢笔，也做得有声有色。

这种高贵玩意儿，要看本钱才行呀。你说。

也不见得，举的例子都不是以本伤人的，而且属于半路出家。

不只是高档货，另一个朋友养金鱼，养久了当然分辨得出品种，这一只打那一只，把金鱼性交当乐趣，生出了一只新品种的小娃娃，也发了财。

"工"字不出头，利用余暇做做小生意，略微动动脑筋，先把它当成副业，再发展下去不迟。主要的是抓紧时机。而且生意不做白不做。一向主张机会像一个美女，你上前去搭讪，成功率为百分之五十；你连打招呼都不敢，那只有痴痴地望着，成功率是零。

家庭主妇也可以做生意，朱牧先生的太太辣椒酱炮制功夫一流，用的是干贝丝、泰国小辣椒、虾子、大蒜、火腿等材料，请教她做法如何，她总是笑融融的："你喜欢吃，做一罐给你好了，何必自己动手那么麻烦？"

这种辣椒酱后来渐渐传于各个餐馆，被称为"XO辣椒酱"，现在已让李锦记商品化，销路不错。不过，朱太太也不在乎赚这些钱，她在电影监制方面下功夫，照样行得通。

方任利莎烧得一手好菜，现在谁不认识她？做个广告，钱照收。

湾仔码头卖北京水饺的臧姑娘，白手兴家，产品打入每一家超级市场，也是我服的人物。

做生意的过程也有无穷的乐趣，还能认识许多有性格的人。

第一，你先要注册商标，那个律师长得高大英俊，简直是做电影明星的料。

第二，商标设计，那个半商人半艺术家的家伙，脾气臭得很，但是画出来的东西使你对他又爱又恨。

第三，把设计样板拿去拍照片分色，你会发现哪一家的冲印技术最高。

第四，分好色的菲林交给制版厂，有位固执的中年人对印刷的要求比你还高。

第五，说明画和传单，须要清雅又能解释内容，不然人家拿到手即刻扔掉，写这类文章的又是个可爱的人。

第六，宣传，你会接触到报纸、杂志、电台、电视的各位做推销的美女。

第七，出路，摆在什么地方卖？遇见的人更多些，条件一直谈下去，直到双方满意为止。

第八、第九、第十，种种说不完的阶段，走一步学一步，不尽的知识和智慧在等待你去完成。开餐厅的友人也不少，成功的多数是先有创意，做人家未做过的菜色招呼客人。

不过做餐馆面临的是人手问题，大厨子不听话起来，苦头吃尽。服务员的流动性，也令人头痛。

只要亲力亲为，问题还是能一一解决的，"大佛口食坊"的陈汤美，自幼爱打鱼，理所当然地开起海鲜馆子。他能亲自下厨是信心的保证，而且他拼命把新品种的海鲜给客人吃，都是成功的因素。

当然失败的例子也不少，但是只要脚踏实地，起初小本经营，亏起本来，也无伤大雅，总比在股票上的损失来得轻，来得过瘾呀。

外国流行跳蚤市场，把自己做的东西、家中的旧货等统统拿出来卖。可惜香港地皮太贵，兴不起来，但也逐渐有些类似的场地出现。

星期天没事做，利用空闲，摆个地摊做小生意，和客人闲聊几句，比打麻将还要充实。

赚到了一点钱，买架货车改装，成为流动的商店，去到哪里卖到哪里，想想都高兴。

"你自己做起生意来，就把生意说成生的意识。"友人取笑我说，"那么'商'字呢？'无商不奸'你又做什么解释？"

我懒洋洋地回答："'商'，商量也。'无商不奸'？那也要和你商量过，才可以呀。"

男女篇：庸俗的女人老得快

一个有品位的男人的扮相，自然是最要紧的。有点华发，与上了年纪的人身份极为吻合，更有稳重可靠的感觉。脸上的皱纹，是男人毕生的经历，比挂在胸口的徽章更有光辉，何必去掩饰？所以上电视前的化妆，一点也不需要。如果不够自信，那么喝口酒更好。

美男子的毛病更不可胜数。自我中心、轻浮、不学无术，坏起来比丑男人更厉害。可以接受他们的，只因扮相尚佳。看看好了，千万别接近。绝对能够看得通透，而且绝对骗不了别人的是男人的眼神。

好男人一定有好看过的时期，坏男人从头丑到底，补救样子丑，唯一办法，是态度谦虚，以勤补拙，或者，他们在事业上有所成就，日子一久，变为愈来愈顺眼，样子便能被接受了。可惜大多丑男人和同种的女人一样，多作怪。

又换角度，又对焦，左等右等就有点烦，他们比相机还要傻瓜。有时出现个非亲非戚的生人，一下子就来个老友状，勾肩搭背，如果对方是个大美人，又另当别论，否则真想把他们推开。最恐怖的是有些大男人还要抓你的手，一捏手汗湿淋淋，我又没有断袖之癖，真有点恶心。"大男人"并非指爱欺负女性的那类，"大男人"的意思，是希望身边的人也同意他的见解，也支持他的看法而已。故此，若是老年人，我希望他会是"大老年人"；若是女人，我希望她是"大女人"；若是小孩子，我亦希望他是"大小孩子"……因为这表示他们对自己有着一定的自信。人绝对可以貌相，我是一个绝对以貌取人的人。相貌也不单是外表，是配合了眼神和谈吐，以及许多小动作而成。这一来，看人更加准确。獐目鼠眼的人，好不到哪里去，和你谈话时偷偷瞄你一眼，心里不知打什么坏主意，这些人要避开，愈远愈好。

这世上，没有比打着正义旗帜的狂热分子更恐怖的了。自古以来，这些人借着宗教、道德、政治的名义，不知残害了多少无辜的人。他们有自己的一套想法，也要把他们的想法强加给别人。

我遇到很多美女，和她们谈上一个小时，即刻知道她们的妈妈喜欢些什么，用什么化妆品，爱驾什么车。她们的一生，好像都浓缩在这短短的一小时内，再聊下去，也没有什么话题。当然，在某些情形之下，你不需要很多话题。

灵性就是你看起来不笨，眼神、表情的变化好多；跟你接触过以后，她的感情变化又好多，不是死气沉沉地在想一样东西，你每一次跟她交谈，她都有一个不同的姿态去吸引你，这些就叫灵性。

做女人先要有礼貌，这是最基本的，温柔就跟着来了。现在的人很多不懂。像说一句谢谢，也要发自内心，对方一定能感觉到。诚意是用不尽的法宝。

原始的母性社会中，女人已经不断地在主导男人的命运。再进化，也改变不了，就像蝎子一定要叮死人一样，不管男人对她们多好。打起仗来，女人的兵法比孙子还要厉害，到最后，她们以为已经统治天下。但是，她们还是需要男人。愈早明白，愈早投降，愈聪明。

喜欢独立的女性，自己养活自己那种，最好思想成熟，独立自主，温柔体贴。最尊敬的当然是母亲大人，因为父亲过世时，母亲没有哭哭啼啼，表现得非常坚强，减少了子女的悲哀。香港女人有一个专长，那就是喋喋不休地洗先生的脑，你要休息时，就来搞你，搞了整夜不疲倦，因为，当你上班时，她们可以睡觉。

样子普通，但有一股灵气的女人，最值得爱。什么叫有灵气？看她们的眼睛就知道，你一说话，她们的口还没有张开之前，眼睛已动，眼睛告诉你她们赞不赞成。即使她们不同意你的看法，也不会和你争辩，因为她们知道，世界上要有各种意见，才有趣。

愁眉深锁的女人，说什么也讨不到她们的欢心，不管多美，也极为危险，这些人多数有自杀倾向，最怕是有这个念头时，拉你一块走。

女人，年轻时放弃爱情最可悲，年老时放弃金钱最可悲。喜欢比较开朗的女孩子，不喜欢多愁善感的。林黛玉那种就不喜欢。我喜欢《碧血剑》的何铁手，她无条件喜欢男主角，而且嘻嘻哈哈。《神雕侠侣》的黄蓉是一个很可怕的女人。你看她老了以后，哎呀。

"做人难，做女人更难"这句话，是女人轻视自己才说得出的。男女平等，谁有特权？是的，做人很辛苦。但是思想上弄清楚了，总会解决。

女人博学一点是好事情。和博学的女人交往，可以增长许多见识。好的女人始终是不会老的。很奇怪，四十岁的女人看上去只有三十岁。她们很有魅力，心态年轻，胸怀廓大，衣着大方。庸俗的女人老得快，天天化妆打扮老得更快。拼命整容？更糟糕！

给女人的关于男人的十三条忠告

一、千万别幻想你可以改换男性的个性，你能更换的，只是他在做婴儿时的尿布。

二、当你的男朋友离家出走时，你能做些什么？把大门关上，永远别让他进来。

三、要找男人，随便找一个好了，别分年轻的或年老的，他们都一样，不会成熟。

四、所有男人都一样，只是脸不同，方便你认出他是张三李四罢了。

五、不必把男人当傻瓜，他们本身已经是一个傻瓜。

六、犹太人的子孙在沙漠浪荡了四十年，可想而知，甚至在《圣经》的旧时代，男人已经没有什么方向感。

七、有幽默感的女人，不是会说笑话的女人，而是听了男人讲话时笑得出的女人。

八、当你的男上司对你说："你看起来一点也不忙嘛。"你尽管回答："那是因为我每办一件事，一办就办妥了。"

九、如果男人问你"你的电话号码多少"，你尽管回答："要是我告诉你，我就要换新号码了。"如果男人问你"你住在哪里"，你尽管回答："要是我告诉你，我非搬家不可！"

十、如果男人问你"你想念我吗"，你尽管回答："你不消失，我怎会想念你？"

十一、如果男人要求"把我的早餐拿到床上来吃"，你尽管回答："那你去厨房睡觉好了。"

十二、如果男人问你关于书的事："你最喜欢看的是哪一部（簿）？"你尽管回答："支票簿。"

十三、如果要叫男人做一件事，最好的办法是对他说："这件事你做不动，你太老了。"

做人，需要自己的空间和自由

"我们有子女的人，生活没有你那么潇洒。"友人常对我这么说。

这是中国人的大毛病。以为一定要照顾下一代一辈子。儿女，在中国人的眼里永远长不大，永远需要照顾。

家庭观念浓厚，很好呀，但是亲情归亲情，自己也要快乐地活下去呀。

不会的。中国人一生做牛做马，为的都是儿女。省吃俭用，为他们留下越多钱越好，他们不会为自己而活。不但教养下一代，还要孝顺父母。这是中国人的美德，也没什么不好，但是有时所谓的孝顺变成约束，把老人家也当儿女来管。

我这么一指出，又有许多人要骂我了。你这个礼教的叛徒，数千年的文化，要你来破坏？你不是中国人，更不是人。

哈哈哈哈。中国人，都躲在井底。为什么不去旅行？去旅行时为什么不观察一下别人的人生？我的欧洲友人，结婚生子，教育成人后就不太理他们，就像他们的父母在他们成年后不理他们一样。

社会风气如此，做儿女的不太依赖父母，养成独立的个性，自己赚钱养活自己。

这时候，做父母的才过从前的生活，自由自在，不受束缚，也就是所谓的潇洒了。在一般中国人的眼里，这是大逆不道，完全没有家庭观念。但他们自得其乐，不需要中国人的批评。谁是谁非，都不要紧，重要的是互相尊重对方的生活方式。他们绝对没有错，他们不是不孝，他们也并非自私，他们只知道做人，需要自己的空间和自由。

我们做不到，但是可以参考参考，反省一下。一辈子为子女存钱，是不是自己贪婪的借口？

做人，要随时随地相信自己有好运

《大白鲨》的制片人大卫·布朗说："你可以制造自己的运气。"

幸福是你相信自己有运气。

要在社会上站得住脚，你一定要相信自己有运气才行。自己幸运的工具是你的乐观。

著名演员鲁思·戈登事业很成功，人又长寿，这是因为她守着自己的一条规则：绝对别放弃梦想！而且，在任何情形下，最好"不要"面对现实！

我自己一直保持着一份天真，也许你可以说是无知或是愚蠢，但是我一直感觉自己很有运气。在五十岁以后我才赚了钱，中年时我曾经失业过两次，我做过高级职员，但最后也逼得我去领失业救济金，我也写过无数的求职信，但是，我能够挣扎成功，是因为我听了鲁思·戈登的话。

我一直没有长大，一直没有面对现实。不是每一个人相信自己，好运气就来。患癌、飞机失事、心脏停止跳动的事也许会发生，但是管他的，如果你相信自己是有好运的，那么你的幸福机会会比别人多。幸运是位女神，只有她感到你对她有兴趣，她才会来找你。好运，其实是一种很脚踏实地的人生观。做人，要随时随地相信自己有好运，现在开始相信，也不会太迟。

不和思想消极的人玩

遇到一些小朋友，问我道："大学，是不是一定要去读呢？"

"当然，"我回答，"父母亲给你这个机会，或者由你自己争取奖学金，为什么不读？"

"到底好处在哪里？"

"读理科，像医学、化学、法律之类，一定要死读。文科倒是可读可不读，今后的工作，与大学读的都没有什么关系。"

"那文科的话，可以不上大学了？"

"话也不是那么说，大多数人会在这期间交到好朋友，今后成为你在社会的人脉，是很重要的。而且，书一读得多，人的气质也跟着提高。但是在香港这个畸形社会，许多富豪都没念过大学，令人更觉得大学不是那么重要。最后，还是怎么生存下去才最实在。老人家语：一技傍身呀。"

"我什么都不会，也不爱读书。"

"总有一样兴趣吧？"

"只喜欢打机（粤语俚语，指玩电子游戏）。"

"那也好，可以设计电子游戏呀。"

"太难了，有没有简单一点的？"

"你把你的手机拆开来，零件一样样研究一下，容易吧？"

"那有什么用？"

"像目前的 iPhone 手机，坏了不知怎么修理，纽约就有一个专上门为人弄好的，也赚个满钵呀。你也学学怎么修理 iPad 吧。"

"这门工作已经有很多人会了，轮不到我。"

"你不去试，怎么知道轮不到你？"

"反正我知道学了也没用。"

"反正，反正！和你这种什么事都往负面去想的人聊天，精力都给你吸走，学朋友说一句：不跟你这班契弟（这帮家伙）玩了。"

二 让我们活得

一天比一天更好的学校

志趣

最能引起对篆刻的兴趣者，莫过于闲章。闲章有时二字、五字、七字到数十字不等，可能是绝句的一段，但比一首长诗更动人。加上闲章布局如画，更能表达诗意，深深地吸引住人，更代表了自叙的感情，对友人的思慕，还有无限的哲理。

碰上了就是"缘分"了。第一个缘是相识，若发展得成功，是"美满的缘"，不成功的就是"孽缘"。第二个是"书缘"，从某些人的作品和自传中，你会发现他们一些生活的智慧，你喜欢便可以学。还有"电影缘"，从电影接触到的事物，开了很多窗口让我去看外面的世界。

古人写诗写词的时候，爱用典故，记忆力好，把以前的事用来比喻现在的事，引经据典就要读很多书，还要记得，普通人看了就不知道他们在写些什么，懂的人马上就会发出会心的微笑。现在到哪里都有人唱卡拉OK，真是吵死人，我最讨厌没有自知之明的家伙在人前表演，流行下去不只在餐厅，我想连殡仪馆也有人唱卡拉OK了。但是唱得那么难听，死人起身参加唱："你知道我在等你吗？"

文字可以简练些，我也认为千万不可被文字缚死，尤其是读者未必有耐性看你文字，我写稿就如讲故事，一些可以用成语表达的意思我也用简洁字眼代替，这样起初会感觉困难，但慢慢用字上会更见轻松灵活。

为什么吸烟？因为手指寂寞。我不知道自己是否属于享乐主义者，我只知我从来不做对不起自己的事。

收藏品是身外物，所以我不会刻意去搜集，手上的东西，如好友欣赏，便送给他收藏，无论自己收藏品多么贵重，大都比不上博物馆内的珍藏。用来消磨时间，把自己沉迷在工作上的时间升华出来，平衡自己的神绪。

读书，是为了做学问。愚蠢的老师教，当然可以不去听他，但是遇到好的教师，他会指点你一条路去走。遇不遇到好老师，完全是缘分，和遇不遇到好的男朋友或遇不遇到好的父母，完全是一样的，不受控制的，什么人都不能怨。

有一种办法，叫作自得其乐。做学问呀！我所谓学问，并不深。种种花、养鸟、饲金鱼。简简单单的乐趣，都是学问。看你研究得深不深，热诚有多少。做到忘我的程度，一切烦恼就消失了。你已经躲进自己的世界，别人干扰不了你。

如果只为升值及价值而去收藏某物件，这是一种肤浅的行为，我不会刻意去收藏某种物件。买一件你喜欢的，因为可以用上一生一世。

财富有两种：一是钱；二是培养兴趣，累积人生经验。对我来说，后者比前者重要。别人说什么将来没有保障，其实怕什么？活在当下，尽情享受，不就此生无憾？

我的梦想，是在香港附近，开一间高级食府，长驻广东、杭州、中国台湾三地的名厨，不设菜单，那天什么新鲜就吃什么。这是继承中国古代饮宴的传统，从唐朝至民国初年还有，可惜断掉了。希望我开这个店，可以重新继承这传统。

抽烟一定伤身。抽久了支气管炎一定跟着来。每天早上也必定咳个不停。我常将快乐和病痛放在天平上，看哪一方面多一点。智者说过：任何欢乐和享受都由牺牲一点点的健康开始。男人有爱刀、收藏刀的心理，像一个永远长不大的孩子。这和女人喜欢洋娃娃一样吧？许多已经成熟的女人，看到她们的照片，床头还是摆满洋娃娃的。

美国南北战争时期，是进行曲最流行的年代，有时还以表演作为竞赛。在一场战争中，各自排好了战阵，先由军乐团演奏进行曲一小时，最后南方军忽然来一首《温暖的家庭》，导致双方兵士都淌下泪来，战打不成了。这证明，进行曲再好听，也比不上一首感人的民谣。

我从小"流"学，从一间学校"流"到另一间学校去，屈指一算，我"流"过的学校的确不少。除了"流"学，我还喜欢旷课，从小就学会装肚子痛，不肯上学，躲在被窝里看《三国》和《水浒》，当年还没有金庸，否则一定装患癌症。

"小品"源自佛家用语，指大部佛经的简略版本，后人用来称一般短小的文章，但字数少的并不是小品文，小品文的精神特征是感情的真挚与深刻。在苦闷和枯燥的生活中，不妨多读明朝小品。

在吃喝玩乐里面，对人生看得较透彻。我本身不是一个快乐的人，但我觉得我可以在文化、读书、旅游中得到。任何东西都可以分期付款，为什么快乐不可以呢？先要快乐，然后分期付款你的悲哀。去旅行绝对可以放纵。问题是你可不可以"收科"。不停扭转、领会自己的现实。所以我会回来。

有好的吃，就吃。别相信什么胆固醇。宁愿信赖吃得过多，会生厌的。吃得过多，才有胆固醇。能爱就爱吧！别暗恋了。喜欢对方，就向对方表明，礼义廉耻可以暂放一边，总好过后悔一生。学习新事物，如果你找不到爱的话，它能填满你人生中的空虚，成为一种学问，你也会从中找到爱。

我认为会走路的人就会跳舞，会举笔的人就会写文章。不过跳舞的话，舞步总得学，写作也要练习。光讲，是没有用的；为了发表而写，层次总是低一点。不写也得看，眼高手低不要紧，至少好过连眼都不高。半桶水也不要紧，好过没有水。

玩：人类活到老死，不玩对不起自己

很多年前，我写了一本书，叫《玩物养志》，也刻过同字闲章自娱，拿给师父修改。

"玩物养志？有什么不好？"冯康侯老师说，"能附庸风雅，更妙，现代的人就是不会玩，连风雅也不肯附。"

香港是一个购物天堂，但也不尽是一些外国名牌，只要肯玩，有心去玩，贵的也有，便宜的更可随手拈来。

很佩服的是苏州男子，当他们穷极无聊时，在湖边舀几片小浮萍，装入茶杯里，每天看它们增加，也是乐趣无穷。我们得用这种心态去玩，而且要进一步地研究世上的浮萍到底有多少种类。从浮萍延伸到其他植物，甚至大树，最后不断地观察树的苍梧，为它着迷。

研究的过程中，我们会看很多参考书，从前辈那里得到宝贵的知识，就把那个人当成了知己。朋友就增多了。慢慢地，自己也有些独特的看法，大喜。以专家自称时，看到另一本书，原来数百年前古人已经知晓，才懂得什么叫羞耻，从此做人更为谦虚。

香港又是一个卧虎藏龙地，每一行都有专家，而怎么成为专家？都是努力得来，对一件事物发生了浓厚的兴趣，怎么辛苦，也会去学精，当你自己成为一个，或者半个专家后，就能以此谋生，不必去替别人打工了。

教你怎么赚钱的专家多的是，报纸的财经版每天替你指导，事业成功的老板更会发表言论来炫耀。书店中充满有钱佬的回忆录和传记，把所有的都看遍，也不见得会发达。

还是教你怎么玩的书，更为好看，人类活到老死，不玩对不起自己。生命对我们并不公平，我们一生下来就哭，人生忧患识字始，长大后不如意事十常八九，只有玩，才能得到心理平衡。

下棋、种花、养金鱼，都不必花太多钱，买一些让自己悦目的日常生活用品，也不会太破费，绝对不是玩物丧志，而是玩物养志。

让我们活得一天比一天更好的学校

我整天说应该提高生活素质，活得一天比一天更好。大家即刻反应："钱呢？"

"并不需要大量的金钱。"我说，"有时反而能赚钱。"

众人投我不信的目光。

举一个例子。义兄黄汉民曾经教过音乐，上一次我去新加坡时和我聊起男高音，说目前的那三个，还不如 Gigli（贝尼亚米诺·吉里，20 世纪意大利著名男高音歌唱家）和 Caruso（卡鲁索，20 世纪意大利著名男高音歌唱家）。

我也赞同，小时候受到熏陶，也是那两位大师的作品，当年收藏的七十八转黑唱片已经不知道哪儿去了，好久没听他们的歌，偶尔在收音机中接触罢了，想买几张送汉民兄，何处可觅？跑去尖沙咀的 HMV 找，好家伙，五层楼都是 CD 和 VCD，男高音层属于经典乐部分，在顶楼，和爵士在一起。

一口气跑上去，唱片多得不得了，但客人只有我一个，一位年轻人坐在柜台后，自得其乐地听交响乐。

看了一阵子，找不到我要的那几张，只好跑去问："到底 Gigli 和 Caruso 的歌还有没有人出唱片呢？"

"当然有。"年轻人带我到一个角落，纯熟地找了出来，"这一排都是。"

嘻，可多得不知要选哪几张，只好先挑些他们的代表作，其他较为冷门的歌剧留到下次慢慢听吧。

"你从小喜欢古典音乐？"我问。

年轻人笑着摇头："起先不懂，做了这份工慢慢学的。"

"现在呢？"

"少一点钱我也愿意干。"他回答。

"最大的愿望是什么？"

他又笑了："储够钱，去外国听演奏会。"

种花、养鸟、书局、乐器店等，都是让我们活得一天比一天更好的学校。

玩物并不丧志，养志还能赚钱

我在内地和友人谈起生活之道，友人经常的反应是："你有钱，所以有条件培养种种兴趣，我们做不到。"

一直强调的是兴趣与钱虽然有点关系，但是并非绝对。像种花养鱼，可由平凡的品种研究，所费不多。读书更是最佳兴趣，目前的书籍越卖越贵是事实，但绝非付不起的数目。而且，图书馆免费地等你。

重复又重复地说，兴趣可以变为财富。一种东西研究到深入，就成专家，专家可以以新品种来换钱，至少也能写文章赚点稿费。

钻了进去，以为自己知识很丰富时，哪知道已经有人研究得比自己还深，原来七八百年前写过论说，便觉自己的无知与渺小，做人也学会了谦虚。

另一方面，身边朋友少一点也无关重要，我们可以把古人当老师，他们的著作看得多了，又变成他们的朋友。

一大早到花墟的金鱼市场观察鱼类，下来到雀鸟街听哪一只鸟啼得最好听，最后逛花街，看什么花是由什么国家输入，都是一个很好的开始。

前几天的副刊中也教过人种兰花，只要一百块港币就可以买到五盆廉价的兰花，经半年的精心培植，身价一跃到四百八十块港币一盆，足足有二十四倍之多。

故玩物并不丧志，养志还能赚钱，何乐不为？问题在于你肯不肯努力，肯不肯花心思。养志不但赚钱，还可以用来追求女孩子。

近来政府把街上每一棵树都用小板写了树名钉在树干上。独自散步时把每一棵树的名字牢牢记下，一分钱也不必花。等到和有品位的女友拍拖时，把树名一棵棵叫出，即刻加分。此为追求女孩绝招，不可不记。

既要有正业，也要有副业

前一阵子，一位日本的导演，七十多岁的人了，老远地跑来，说非见我不可。

目的是要拍一部《孙中山先生传》的戏，需投资一亿元港币左右。

"怎么回收呢？"我问。

"日本的青年，需要认清历史，我们召集他们，成立一个会，单单是会费，已经有两亿以上的收入。"他说。

"那么不需要香港的投资了。"我说，"这个会，已经成立？"

"还没有。"他回答。

我知道这是一个空谈，但是老人家，怎能伤他的心？

做电影导演的，光辉日子过过，一定念念不忘，至江郎才尽时，也不认输，永远觉得自己还是年轻的，尽地一铺（粤语词汇，意为横下一条心，孤注一掷），赌它一赌，让全世界的人看看，我宝刀未老。

在电影界浸淫已久，这些人物不断地出现，怎么去劝他们呢？

但求上苍，自己不会步其后尘。

我常说，遥远的人生之中，不应该只做一件工作，这不单是指电影导演，任何行业都一样，大家在本行之外培养个兴趣，研究成专家，发展成另一番事业。

人有了多种职业和兴趣，看起事件来比较立体，不像只懂得一行的人，死钻牛角尖，常做错误的决定。在本身的工作不景气的时候，便转入副业，休息一阵子，看准时机，再回到自己喜爱的工作的怀抱，也不迟呀。

我没有给那个日本导演太绝情的回复，他存着希望回去，但我一直问自己，是否骗人？会不会更加残酷？

好在，今天接到个电话，说此人已在两日前逝世，这才松了一口气。

不断自我增值，才是最终的道理

如果我有儿女，一定会鼓励他们走进电影这一行。

第一，电影始终是一个梦工厂，源源不断的幻想，都能以形象表现出来。

第二，干电影的人，脑筋会被训练得非常灵活。这不行，就做那；那走不通，又预先安排了另一个选择。

第三，接触到的层面最广。灯光、摄影、服装、道具等，每一个细节都是一门独有的学问。

第四，完成至上映，只有很短的一段时间，宣传上的快速，不是其他行业赶得上的。

第五，最吸引人的，是变化多端。曾经问过一个搭布景的员工，说建筑工人的薪金已经是你的两倍，你为什么不改行？他回答说："我在外面搭房子，一年才搭一座；我在片场里，一个星期有一座不同的。"

做过电影之后，要应付比它刻板的工作就轻而易举了，生存下来容易得多。

所谓的狡兔三窟，电影人最拿手。他们对付的不只是人，还有天。

天晴了出外景，一阴就搬进片场或室内，这是基本的学习，再下去，就算下雨，户外工作也不能停止，老导演会教你："打着伞，拍演员的特写好了。"

导演们为了要求更好，每一秒钟都在改变主意，跟着他的那群人，不管任何环境或约束，都要帮助他达到目的。朝九晚五的上司，怎么刁难，也不会麻烦过电影导演。

唯一的毛病，是上瘾后下不了舞台，以为光辉是永远的，一直依恋下去，至潦倒为止。

一切工作，都是一样吧？我们做人，总得培养其他兴趣，研究深了成为专家，这份工不打，做别的。不断自我增值，才是最终的道理。

多读书，老得优雅，老得干净

香港女人有香港女人的好看、耐看。

通病当然是有的，南方女子个子矮、鼻扁平，身材绝不丰满，又因为夏季太长，日照时间多，皮肤一般都没北方女子那么洁白。

但香港女人胜在会打扮，衣着的品位也甚高，就算不是名牌，颜色配搭得极佳，不相信你去中环走一圈，即刻和其他地方的女人分出高低。

外表还在其次，最重要的是自信，香港女人出来工作的比率较任何地方高出许多。女人赚到了钱，不靠男人养，自信心就涌了出来。

有了自信，香港女人相对上很少去整容，大街上也看不到铺天盖地的整容广告，没有韩国那么厉害。

韩国女子的条件比香港好得多，她们腰短腿长，皮肤细嫩，身材丰满，但她们拼命去整容，是缺乏自信心的问题。

香港女人绝对不会高喊男女平等的口号，像美国人那样，香港本身就不重男轻女，你看所有高职都有女人担当就知道。

但是有自信了就看不起男人，这也是毛病，诸多挑剔之下就嫁不出去，不过单身就单身，当今是什么时代了，还说女人非嫁不可？

嫁不出去也可说是缘分未到，迟婚一点又如何，我有许多朋友的老婆都比他们大，但只要合得来就好，这是他们两个人的事，谁会嫌法国总统的太太老了？

为结婚而结婚才是悲剧，已经快二十一世纪了，还在纠缠这个不合理的制度干什么？单身又快乐的女人才是真正有自信的女人。

柔情是女人最大的武装，许多娶丑老婆的朋友，都是他们在最脆弱的时候娶的。当真正需要一个伴侣时，就不会去管别人说些什么。

外表再好看，也比不上气质，气质从哪里来？气质从读书来。古人说，一日不读书，则语言无味；三日不读书，面目可憎，是有道理的。

能多读书，任何话题都搭得上嘴。书本不但让人知识丰富，还让人懂得什么叫谦卑，有了谦卑，人自然好看起来。

所谓的读书，不一定是四书五经。读书只代表了一种专注，一心一意地把一件事情做好，经过长时间的刻苦训练，也同样认识谦卑，卖豆腐也好，做菜也好，把厨艺弄得千变万化，也可以让人觉得可爱。

女人不断地学习，不断地找事情做，就不会显得老，皱纹并不是一件要遮掩的丑事，人只要老得优雅，只要老得干干净净，就好看、耐看的。

看世界前线的女人好了，欧洲央行行长克里斯蒂·拉加德（Christine Lagarde）满脸皱纹，一头全白的银发，身材虽然枯枯瘦瘦，还不是照样很耐看！

矮矮胖胖的德国总理安格拉·默克尔（Angela Merkel）做了多年，也没被人赶下来，人怎么老也有个亲切的样子，没有人会耻笑！

在东方，韩国外交部部长康京和也没整过容，一头灰白短发配上枯瘦的身材，不卑不亢地和各国政要打交道，也绝对不需光顾整容医生。

这些站在国际舞台上的女人，有个共同点，都心术很正。一走邪路，样子即刻显得狰狞。

所以相由心生这句话是有道理的，女人的美丑，完全掌握在她们自己的手里，外表再好看，衣着再有品位，也改变不了她们内心的丑恶。

虚荣心是可以原谅的，香港女人要表现她们人生的成功，就算买一两个名牌包包，这和男人一赚到钱就要买一只劳力士表戴，再下来买一辆奔驰车一样。

只要增加她们的自信，一切无可厚非，就连整容也是，工作上有需要，像表演行业，要整就去整吧，但绝对不能贪心，今天整这样明天整那样。整容会上瘾的，你没有看到那些什么明星，越整面孔越硬，嘴巴也越来越裂，再下去就变另一个小丑了。

好在一般香港女人都有自信心，她们一有时间便会去旅行，学习别人怎么做菜，学习别人怎么把这一生过得更加快乐。希望她们不要变成美国女人，男士们优雅地替她们一开车门，就会被喝："我不会自己打开吗？"

希望香港女人一天美得比一天更好，希望她们保留着那颗善良的心，一直耐看下去。

人生最大的投资，莫过于培养本行之外的兴趣

小时候读电影书籍，看到一则著名导演经常来香港的事。

为什么来香港？拍戏吗？旅游吗？

答案完全不是：他来香港制造玩具。

很多电影人除了电影，一辈子不会干别的，他们以为电影已是一切，做其他事全部是旁门左道。生意更与艺术搭不上关系。

殊不知电影是一种燃烧生命的行业，那么多人在干，失败者居多。标青（突出）的，少之又少。一直维持在顶峰是个梦，现实中根本不可能，就算卓别林、斯坦利·库布里克等聪明绝顶的大师，至晚年，也呈现疲倦。

人生之中，总是有起有落。电影人，大多数以为自己是天才，只有往上爬，一部比一部卖座，没有倒下来的日子。电影行业那么吸引人，是有它的道理的。

就算一直倒霉下去，一天忽然拍部莫名其妙的戏，即刻翻身。

所以大家都死守下去。

一部电影的卖座，全靠天时地利人和，有时不管拍得怎么好，扑街（粤语俚语，多用来骂人，也有"糟糕"之意）就是扑街。

电影人不信邪："我从前也拍过卖座的戏，这一部不行，下一部证明给观众看。"

从前是用别人的钱拍的，现在为了证实自己的才华，把老本也投资进去。这一拍，又完蛋了，储蓄完全花光。

美国还有社会福利，中国香港人只缴十五个巴仙①的税，一切靠自己。到了晚年，潦倒的不少。昔日风光，很难回头。享受惯了，余生怎么过？

所以在有钱的时候应该做点小生意，最好是自己的爱好，像童心未泯的李莱（玩具制造商），有什么比做玩具更好？只要不烧伤自己的投资，年轻时就得做。

而人生最大的投资，莫过于培养本行之外的兴趣，专心研究，成为副业。所谓狡兔三窟，电影人的聪明，何止狡兔？至少也要二窟呀！

---

① 巴仙，东南亚一带的华人用语，意为"百分之"。

长不大的商人

从前，一切循规蹈矩，事业成功都有一定的方程式。这种沉闷的局面，终于在 20 世纪七十年代被嬉皮士打破。当今主掌各种行业的巨子，多数是这些长不大的商人。

最明显的一个例子就是，他们放荡不羁，一切反其道而行之，不把自己当成老板，而是把自己当成客人，博得消费者的欢心。

你如果去好莱坞谈生意，就会发现片厂的头头，他们很多蓄长发，留胡子，身穿牛仔裤，似乎工人多过老板。当然，他们领奖时西装笔挺。

出名的建筑师、服装设计师、美容师和餐厅老板，更有各自独特的想法，与众不同，才能出人头地。

这群人有一个共同点，那就是他们看书多，喜欢历史，明白过去的人是怎么失败的、自由是多么可贵，以及如何坦诚地交朋友。

20 世纪七十年代的嬉皮士，因为反对大企业的垄断和父母的控制，离家出走，到处流浪。在外面得到的知识，令他们热爱生命，努力学习，头脑灵活了起来。

这种精神是由 20 世纪六十年代的疲惫一代培养的，那群愤怒青年反抗制度，到处旅行，产生了不少出色的作者和音乐家。多谈他们的著作，不无好处。

追溯回去，疲惫一代的老祖先，是思想自由奔放、整天吟诗歌唱的波希米亚人。波希米亚这个地方当今在地图上已经看不到了，应该在捷克境内。因为不善经营，他们才沦落到现在这个地步。疲惫一代觉察到，到了嬉皮年代，人们骤醒过来，做生意去也。

嬉皮士也分两种：一种是搏命，成为巨富；另一种是安于平凡，但为了生存非做一点事不可，找到一个地方落脚后，开间咖啡室或精品店，卖很有品位的东西，也可终老。这个现象出现于西班牙的伊维萨岛（Ibiza）和印度的果阿（Goa），当今的人称之为嬉皮士的坟墓。

物极必反，嬉皮士的子女看不惯父母的长头发，于是自己将头发剪短起来，生活有了规律，当平凡的白领。但双亲的教导也不是没用的，他们的思想较为开放，也知道想成功要付出努力的代价，大家争取，结果社会繁荣，促进 20 世纪八九十年代的经济起飞。

有了钱，附庸风雅，学到了一些皮毛，就自创后现代主义之类的莫名其妙的东西。这群人自称雅皮士，生活还是枯燥无聊的，因为他们在文化上的根并没有扎稳。

从20世纪九十年代起到21世纪初，经济泡沫破裂，雅皮士的资产变成负的，因为他们没有经历过嬉皮父母的苦行僧式的旅行，学不到东西。他们自己出门，专选安全的大酒店住，去的也是受保护的观光点，毫不冒险，学不到变通，也拉不下脸来做更低等的工作。

雅皮士的子女更可怜，在温室中成长，变得好吃懒做，什么苦都不会吃，只打电子游戏，拼命嚷着社会对他们不公平，最后只有成为"双失青年"（失学和失业的年轻人）了。

人在社会中活着，必然要钱。身份和尊重由此而来，这是不变的道理。我们不必争拗，也绝对不能扮清高。嫌铜臭的人，已经可以被摆进博物馆当古董了。

但是，人格应该是有的。这是波希米亚人遗留下的教训。为了钱，鞠躬作揖，像一只狗那样跟着上司，作强笑状，说肉麻的恭维话，人格丧失。

气焰也应该是有的，但应该是内藏的，不应表露。年轻人没有了气焰就像老人，他们只有把愤怒化为力量，才能学到嬉皮精神。

不懂这个道理的年轻人，一旦得到小小的权力，就会对下属呼呼喝喝，拿着鸡毛当令箭，到处伤人。在香港的社会中，这种所谓的女强人屡见不鲜。不过也不必生气，终有报应，她们一定会成为孤独的老太婆，或看她们的子女会用她们教的欺负别人的方法欺负回父母。

学习了嬉皮士的精神，如果在一个大机构做事不如意，那么出来创业好了。谨记别随波逐流，要做一般常人不敢做的事。

怎么开始？其实很简单，嬉皮士的教导就是把一切简单化，不管在处理事业上还是感情上。A君或B君，爱哪一个才好？烦恼就来了。选了A君，不后悔，没烦恼。

创业就创业，别三心二意，失败了也不后悔，重新来过。选大家都喜欢但传统人士不接受的事去做好了。

举一个例子，一般餐厅都不准带宠物进去，而爱猫狗的人众多，你就开一家狗餐厅好了。狗餐厅已有人做，太迟了，那么想别的主意。众人不敢吃胆固醇高的食物，你就开一家专吃猪油的店，总有人爱吃，你会发现这一个所谓的狭小市场，其实是一个很大的市场。全香港有百分之一就好了，也就是七万个客人，嬉皮士没教你贪心。

但是，有人说过，主意不值钱，要多少都有；值钱的在于你实不实行。我也常说：做，机会五十对五十；不做，机会是零。看见一个美女走过来，够胆和她说话，有一半机会她会答应和你喝杯咖啡。不敢出声，只能眼睁睁看她走过。

最重要的，还是有一颗童心。抱着如小孩子般轻松的态度去面世，总比大人严肃地处理好得多。童真主要在于那个"真"字，对人坦诚。只要基础打得好，刻苦耐劳，没什么事能难倒你。

做一个长不大的商人，永远有得赚，而且是欢乐的。

逛花墟永远那么快乐

又是牡丹的季节，荷兰来的当然很美，但当今运到中国香港的是新西兰产的，又大又耐开，本来对新西兰印象不佳，因为牡丹，还是有点好感。

闲时到九龙太子道后的花墟走一走，永远是那么快乐的体验。附近又有鸟雀市场，是香港旅游重点之一。身为香港人的你，去过吗？

"这么多店铺，看得我眼花缭乱，去哪一家最好？"一位师奶问我。

"那要看你选什么样的花。"我回答。

"你呢？"她反问。

"我爱牡丹。"我说，"花墟道48号的那家'卉丰'，是我最常去的，他们很肯进货。客人不会欣赏，认为牡丹太贵，店里有很多盛开的卖不掉，新的一批照样下订单，不是自己爱花做不到。"

"还有哪几家你常去的？"师奶问。

"逛花墟的乐趣不只是花，有时买买陶器也有很多选择，像太子道西180号的'乐天派'就有很多虞公的作品。曾氏兄弟两人，哥哥的佛像越做越美，弟弟的人物造型越来越有趣，我很看好这两兄弟，现在收藏他们的作品还很便宜，一定有价值。"

"还有什么和花不同的商店？"师奶问。

"卖各种生草药的'左记'也很有趣。"我说，"在太子道西202号，门口摆了一个人头般大的根，叫石蝶。买个二两，加适量蜜枣用二十碗水煲六小时，剩十二碗左右，喝了可以排毒、治黑手甲、牛皮癣等病。"

"那些干的，浸在水中又像一朵鲜花的是什么东西？"师奶问。

"叫还魂草。"我说，"煲糖水很好喝，又能治支气管炎。"

他店里什么植物都卖，一小钵一小钵的含羞草才卖五块港币。住在高楼大厦的儿童没看过，摸它一下，大叫道："真的会害羞缩起来！"

穿自己的衣服

遇到一个过去认识的人。

"好久不见。"我打招呼。

"我倒常看到你。"他说,"你穿着拖鞋和短裤,在旺角跑。"

去菜市场买菜,穿西装打领带,不是发疯了吗?

衣着这问题,最主要的还是看场合。更要紧的,是舒不舒服。

在夏天,洗完澡后,我最喜欢穿一件印度的丝麻衬衣。这件东西又宽又大,又薄又凉,贴着肌肤摩擦的感觉有种说不出的愉快。第一次穿过后,我便向自己发誓,在自由自在的环境下,热天穿的衣服不能超过二两。

见人、做事时,服装并非为了排场。整齐,总是一种礼貌,这是我遵守的。我的西装没有多少套,也不跟随流行,料子倒不能太差,要不然穿几次就不像样,哪里能够一年复一年地穿着?

衬衫、领带的颜色常换,就可以给人一种新鲜的感觉。那几套东西穿来穿去都不会看厌的。

对流行不在意的时候，那么大减价的衣服只要质地好，不妨购买，价钱绝对比时髦的便宜。不在乎跟不跟得上潮流的时候，买东西便能更客观，更有选择性。

贵一点的领带是因为料子好，而且不是大量生产。便宜的用几次就变成咸菜油炸粿，到头来还是不划算的。那么多花样的领带怎么去挑选呢？答案很简单，一见钟情的就是最理想的。走进领带部门，第一眼就把你打昏的领带千万不要放过。如果一大堆中挑不到一条喜欢的，那么还是省下钱吧。

总之，不管穿西装也好，穿牛仔裤也好，穿自己要穿的，不是穿别人要你穿的。这是人生最低的自由要求。

人生最大的重量在于自己缺乏信心

人生最大的意义，除了吃吃喝喝，活得一天比一天的质量更好，便是要尽量减掉身上的重量。当然，指的并非体重。

轻，是一门很奥妙的学问。

不过我不是哲学家或文豪，要谈的只是物质，和生命能否承受的那种无关。

基本得很，像夏天冲完凉后，穿一件薄如蝉翼的麻质恤衫，感觉是多么飘然。摩擦着躯体，像泡泡流下，十分过瘾。

与其跟流行，穿着又笨又重又不好看的运动鞋，不如来一对柔软的幼羊皮鞋子。谁不知幼羊皮好？但是那么贵，怎么买得起？来一对布做的功夫鞋，也一样舒服的呀。一切都是丰俭由人。

皮包中携带的物品也要计算重量，笔呀纸呀，都带最小型的。女人的一切化妆品，也不要因为便宜而带大的。

学会用轻便的电子记事簿吧，研究起来没有整台电脑那么困难，何必带着那本又厚又大的电话地址簿呢?

不可一日无此君的眼镜，镜框越细越好，现在市面上已经出现一种新科技，把任何度数的厚镜片都磨得很薄。

戴隐形眼镜当然最轻了，不过要把轻和难受放在天平上比较，隐形眼镜我倒是反对的。

手表也是一样的，又不是赛车手或游泳健将，何必戴那个像闹钟那么巨型的东西在手上? 也不用把怀旧当流行，弄个大古董表戴着，增加自己的烦恼。

都彭打火机固然典雅，但怎比得上一块钱一个的轻?

做人有了自信，为什么还要用名牌来炫耀给别人看?

人生最大的重量在于自己缺乏信心。

生活

　　把生活的质量提高，今天活得比昨天高兴、快乐，明天又要活得比今天高兴、快乐。就此而已。这就是人生的意义，活下去的真谛。只要有这个信念，大家都会由痛苦和贫困中挣扎出来，一点也不难。

　　一生中最怕遇见那种长嗟短叹，又不积极改善生活的消极主义者。跟这类人接触，能量很容易被吸干。谁未遇上困难？表面风光那些人，单是外表乐观而已。问题是你怎样面对困境。愈介意旁人的眼光，愈活得不快乐。到底你是为谁生存的？

　　做人总要有一个目标，确定之后，你就往这个目标走。从小就很羡慕那种比较自由自在，过得好一点的生活。那么，就往这方向去努力，把自己扭扭捏捏的个性扭回来，这个做得到的。

　　人生变化多端，前面的事不可知，也不相信术士的占卜，对死亡我还是怀有不安感的。所以我羡慕有安乐死的国土，一个人可以选择走下人生舞台的姿势和准确时刻。被生下来，是不受控制的。但是连走，也不肯让我抬高着头走，就太悲哀了。

人，首先要自爱，不自爱就完蛋了，任何环境之下，自爱的人总有出人头地的机会。加上努力，还不成功，天就没眼了。

有一次，那个餐厅老板用毛巾包着一封利是，内里有五千元，我即刻回给他。我想：今次我收五千，下次人们给四千九，我会骂他；你会不断期望六千、七千，不会停的……况且，我都不是那么乎、五千元哪里支使得了我。

父亲逝世在做头七的时候，请来两名僧人，念经时听起来很熟悉，原来他们把经文谱上《月儿弯弯照九州》的曲调，想起此事不禁冒火，心中大骂：秃驴！烧祭品之前，要先拜土地公，一份冥币和茶叶及糖果。冥币每张五亿，加起来有数兆元之多。真是个贪污的家伙，要是当地有贪污调查局，非举报不可。

任何事，由第三者来判断，总是缺乏准确性。自己的经验，不管是好是坏，终究是属于自己的。假设，从创造性的角度去看，是积极的。许多伟大的理论，都由假设得来。假设，如果往消极去走，得到的只有不必要的悲剧和一生的后悔。

有些事，是注定的。既然明知是反抗不了，烦恼来干什么？人类的逻辑不能解决，求哲学家分析，他们似是而非的理论并不能满足我们，唯有信命了。中国人所说的"缘""前世""今生"，都还可以勉强地暂时给我们一个答案，姑且信之，好过继续迷惘。

不喜欢我不正经，也不要紧，我还是活得快快乐乐。大家有大家看法，不必去理会。我算不算是你偶像，并无所谓，偶像是未成熟的人创造出来，成熟之后，就不迷偶像，转变为欣赏。欣赏是可以接受的，我欣赏的人很多。肯自修，肯充实自己的人，我都欣赏。

聪明的演员，除了生活在角色里，还要生活在角色的内心中，才能让观众留下深刻的印象。这种精神上的支持，并不只发生在戏里。我梦蝴蝶，或是蝴蝶梦我？虚虚假假或实实在在，我们都得活下去，当它是真的，就是真了。

从小，父母亲就要我好好地"做人"。做人就是努力别看他人脸色，做人，也不必要给别人脸色看。生了下来，大家都是平等的。人与人之间要有一份互相的尊敬。所以我不管对方是什么职业，是老是少，我都尊重。

说谎话是人的天性，有必要的时候就说；没那个需要的，像森林中的土人，就不必说谎话了。说谎话是一个事实；但事实，是不用说谎话来解释的。尽可能的情况之下，不要伤害到对方。

很小的时候我已经知道做任何事都要尽力、要开心，即使不开心都不要让人知道。不过不快乐的事不会经常发生，因为我本身个性已经很不在乎的了。当然仍会遇见令我不开心的人，一定会的，如果没遇过，你就不会快乐，不会深切体会快乐的感觉。

书本上，纪录片中，看过信鸽的报道。多遥远的路程，它们都会记得。历史中，鸽子是传讯的重要工具，人类没有邮政时要靠它们。第一次大战中它们更是贡献不小。有了禽流感也好，放鸽子一条生路。几年后，当大家忘记了这场浩劫，再去欣赏它的飞翔，重新确认它代表的和平吧。

热爱生命的人，一定早起，像小鸟一样，他们得到的报酬，是一顿又好吃又丰富的早餐。我的奶妈从小告诉我："要吃，就吃饭，粥是吃不饱的。"奶妈在农村长大，当年很少吃过一顿饱饭。从此，我对早餐的印象，一定要有个饱字。

以为被蟹钳钳住，就像被剪刀剪着一样，原来蟹咬人，是用蟹钳最尖端的部位上下一钳，我的手指即穿二洞，血流如注，痛入心扉，唯有保持冷静，用毛巾包住蟹身，出力一扭，断掉蟹钳，再请人打开左右钳子，方逃过一劫。今后杀蟹，再无罪过之感。大家扯过平手，不相怨恨也。

佛教故事教人说，你被人骗，是上世应还的债。现在给人骗，总好过年老时才给人骗。到上了年纪，打击更大。趁年轻受了这个劫，是福气。我不喜欢听这个故事，还是觉得非报仇不可，一有机会，以牙还牙。别以为一向待人好便一定得到好报，对人好是一种"送"的行为，不是用来"收"的。

人生总是漂浮不定的，我们为什么能够稳重呢？好像船上有一个锚，我们有最传统的信条，就是很简单的、父母教的：孝敬父母，对朋友好一点，对年轻人要好好教导，遵守诺言，遵守时间。我们遵守了之后，人生的目的就很清晰了。很难，但是要做到。

我们不骗人，在社会上根本生存不下去。遇到愚蠢的老师，说她笨吗？即被学校踢出来。奸诈的上司，指出他阴险吗？饭碗也被打破了。恋爱由说大话开始，喜欢了就会骗对方。讨好、附和等，都在撒谎。

金钱

财富是无限的，快乐则有限。钱财无限，没有人认为会足够；（但追求快乐受到年龄限制）到了七八十岁，不能运动，如何能够追求快乐？我是个很重视"物质"的人，可以赚钱的，我什么事都做。所以为了快乐，年轻人应该多赚钱。

我爱花钱，爱享受。甚至我的花钱本事远远超乎赚钱能力，但你要知道，我今天拥有的，没有半点是靠地产或者投机忽然得到的横财，全部是由年轻到现在的不断付出，以劳力一分一毫赚回来的。

我相信给对方钱，才是最好的关怀。金钱不能买到快乐，那只是出现在巨富家庭，我们没时间买关怀。快乐与否，是天生的；当今的科学解释，也就是遗传基因。

为理想而不顾钱的阶段，在我人生也发生过，但是不多。不过钱多一个零少一个零对日常生活也没什么改变，钱只是一种别人对自己的肯定，我是俗人，我需要这份肯定。

人活着，必然要钱。钱代表了一切，身份和尊重由此而来，这是不变的道理，我们不必争拗，也绝不能扮清高。嫌铜臭的人，已经可以被摆进博物馆当古董。

要办好一本杂志，的确需要庞大的财力物力。读者的水准已经提高，再不能允许次货了。有品位的照片和丰富的内容，销路就增加，广告就来了，道理很简单，但有多少本杂志能够做到？

烟花，人人会放。过年过节当然放，芝麻绿豆的庆典也放，维多利亚海港的烟花，看得孩子们打呵欠。钱花得精彩才叫奢侈，例行公事地花钱，叫穷凶极恶，放的不是烟花，是铜臭味。

三 花开花落是寻常，
何必认真

人生要学的，太多

享受姜花的香味，已到尾声，秋天一到，她就消失了。

我对姜花的迷恋，从抵达香港那一刻开始，那阵令人陶醉的味道，是我们这些南洋的孩子没有闻过的。

这里的人身在福中不知福，一年四季有花朵和食物的变化，人生多姿多彩，哪像热带从头到尾都是同一温度，那么单调。

姜花总是一卡车一卡车运来，停在街边，就那么贩卖。扎成一束束，每束十枝，连茎带叶，甚为壮观。

一般空运来的花，都尽量减少重量，剪得极短，姜花则留下一根很长的茎，长度有如向日葵的，插入又深又大的玻璃花瓶中，很有气派，绝非玫瑰能比。

花贩很细心，在花茎的尾部东南西北贯穿地割了两刀，这么一来，吸水较易。

花呈子弹形，尖尖长长，在未开的时候。

下面有个花萼，绿叶左右捆着，有如少女的辫子。一个花托之中，有六到九朵尖花，这时一点都不香。

插了一两个晚上，尖形的花打开，有四片很薄的白花，其中一瓣争不过兄弟姐妹，萎缩地成为细细的一条，不仔细看是觉察不到的。

花瓣中间有花心，带着黄色的花粉，整朵花发出微弱的香味，但是那么多朵一起开着，全间房子都被她们的芬芳熏满了。

在把茎削开时，花贩也会把花托中间那一朵拔掉，他们说这么一来其他的花才会开得快，不知道是什么道理，总之是祖先传下来的智慧，错不了。有时，买了一束插上，花开得很慢，像我这次只要澳门过一个晚上，早上买的，如果当晚不开，就白费功夫。花贩教我，拿回去后浸一浸水，就能开。照做，果然如此，又上了一课。人生要学的，太多。

花开花落是寻常，何必认真

又是木兰花开的季节了。

喜欢木兰花，都是因为它那阵香味，尤其在晚上和清晨，香味闻了令人精神一振，有时令人昏昏陶醉，它的味道，没有其他花儿能够代替。

小时候，家的窗外种了一株木兰，植于钵中，可怜楚楚也开了三四朵花，后来见它开了十多朵，惊讶于它的成长。

往外头跑，才知道木兰可长成小树，与自己的身高一样，花开得更茂盛。

为求理想，渐渐地，忘记木兰花长得多高。

略为安定，又看见木兰，它只有一个毛笔盖子那么大，花瓣有时六片，有时八片，像一把合起来的雨伞，发出清幽的香气。

年纪渐长，一年一度，又闻木兰香味，它在哪里？抬头一看，变成一棵苍劲的树木，往下俯视，所结花朵，成千上万，可惜花儿寿命极短，落满地上，化为泥。

见到四五十岁的妇人，年轻儿女偷偷地说："把这木兰花插在鬓上，这么一大把年纪，还那么爱美！"

现在，年轻儿女已是四五十岁，拒绝叫自己老人家。取笑别人的人被别人取笑了，是报应。花开花落又花开花落，瞬息间的事，唉，何必那么认真？何必那么伤感？最主要的，还是把握住发出香味的一刻。

散散步，看看花，是免费的

在网上看到一则关于年龄的趣事，试译如下：

在我们生命中，唯一觉得老是一种乐趣的，只有我们当儿童的时候吗？

"你多少岁了？"人家问道。

"我四岁半。"

当你三十六岁时，你绝对不会回答："我三十六岁半。"

四岁半的人长大了一点，给人一问，即刻回答："我十六岁了！"

也许，那时候，你只有十三岁。

到了二十一岁那天，你伸直了手，握着拳，学足球运动员把拳缩回来，大叫："Yesssss！我已经二十一岁了！"

恭喜你，转眼间，你已三十，再也不好玩了！天哪，那么快！

一下子变四十，怎么办？怎么挽留也没用，你不只变四十，而且五十即刻来到。这时候你的思想已经改变："我会活到六十吗？"

你从"已经"二十一"转为"三十，"快要"四十，"即将"五十，到"希望"活到六十，"终于"七十。最后，你问自己"会不会"有八十的寿命。很幸运地你九十岁了，你会说："我快要九十一了！"这时候，有一件很奇怪的事发生。人家问起："你多少岁了？"

你返老还童地回答："我一百岁半。"

快乐的人把岁数、体重、腰围等数字从窗口扔了出去。让医生去担心那些数字吧！你付他钱，医生要处理，我们别管那么多。

生命并非以你活了多少岁来计算，是以你活得有没有意义来衡量。打麻将去吧，如果你没有什么嗜好，至少你不会患上老年痴呆症。

每一天都问自己活得好吗。散散步，看看花，是免费的。

南禅寺

大雪中的京都，这个到处都是寺庙的古城，被一片白色笼罩着庙顶和大地，又是另一种感觉。南禅寺离市中心不远。大门有三重，庄严，宽大，院中有"枯山水"庭园设计。它并不像一般寺庙那么有香火气，平平静静，朝拜者不多。

我和朋友三人，一块儿到访，主要不是去参禅，而是去尝这间寺里出名的"奥丹"汤豆腐。

和尚招呼我们到一个小亭中，除了四根柱子没有任何东西挡风，大雪纷飞，我们扫开小椅上的积雪坐下。

接着和尚拿了四瓶烫热的清酒给我们，各人连饮数杯，敬回和尚，他也是海量。和尚也可以吃酒吗？他答道，美好的东西，佛也应该尝之。

看他在寒冷中只穿一件单衣，脸不喝醉已通红，身体异常健壮，似有武功，对白幽默，有如武侠小说中的人物。

汤豆腐装在一个大砂锅中，下面生炭火，热烘烘地上桌。往锅中一看，锅底铺着一大块日本人叫昆布的海带。

整锅汤的味道就是出自这片海带，上面滚着雪白的豆腐，单单这两样，其他什么佐料也没有。这么清淡的东西怎么吃得下？刚这样想的时候，豆腐的香味已喷出，一阵阵地直冲入鼻。我们正要举筷，和尚说再过一会儿才入味。只好耐心等待。

日本人说京都是从水中生出来的，原来京都这地方在太古时代是由湖底隆起的沙土堆积而成，它的湖水和河流的水极清，酿出来的酒香甜。

我们喝的是伏见川酒，猛饮后不知不觉中醉意袭来。

汤豆腐已经可以吃了，用一根削尖的竹管往小方块豆腐上一插，提起来蘸了淡酱油入口。

正如墨有五色，这豆腐也有五种不同味道，留下无穷的回忆。

雪已渐小，天气转暖，地下积雪慢慢融化，即结成薄冰，夕阳反射，小道变成一条黄金带子，我们相扶起身，一路高歌。和尚在寺门口笑口送客，一片禅味。

"任性"这两个字

从小就任性，就是不听话。家中挂着一幅刘海粟的《六牛图》，两只大牛带着四只小的。爸爸向我说："那两只老牛是我和你们的妈妈，带着的四只小的之中，那只看不到头，只见屁股的，就是你了。"

现在想起，家父语气中带着担忧，心中约略想着，这孩子那么不合群，以后的命运不知何去何从。

感谢老天爷，我一生得到周围的人照顾，活至今，垂垂老矣，也无风无浪。这应该是拜赐于双亲，他们一直对别人好，得到好报。

喜欢电影，有一部叫《乱世忠魂》(*From Here to Eternity*)，男女主角在海滩上接吻的戏早已忘记，记得的是配角不听命令被关进牢里，被满脸横肉的狱长提起警棍打的戏。如果我被抓去当兵，又不听话，那么一定会被这种人打死。好在到了当兵的年纪，邵逸夫先生的哥哥邵仁枚先生托关系把我保了出来，不然一定没命。

读了多间学校，也从不听话，好在我母亲是校长，和每一间学校的校长都熟悉，才一间换一间地读下去，但始终也没毕业。

任性也不是完全没有理由，只是不服。不服的是为什么数学不及格就不能升班。

我就是偏偏不喜欢这一门东西，学几何代数用来干什么？那时候我已知道有一天一定能发明一个工具，一算就能算出，后来果然有了计算尺，也证实我没错。

我的文科样样有优秀的成绩，英文更是一流，但也阻止了升级。不喜欢数学还有一个理由，教数学的是一个肥胖的八婆，面孔讨厌，语言枯燥，这种人怎么当得了老师？

讨厌了数学，相关的理科也都完全不喜欢。生物学课中，老师把一只青蛙活生生地剖了，用图画钉把皮拉开，我也极不以为然，逃学去看电影。但要交的作业中，老师命令学生把变形虫细胞绘成画，就没有一个同学比得上我，我的作品精致仔细，又有立体感，可以拿去挂在壁上。

任性的性格影响了我一生，喜欢的事可以令我不休不眠去做。接触书法时，我的宣纸是一刀刀地买，我也一刀刀地练。所谓一刀，就是一百张宣纸。来收垃圾的人，有的也欣赏我的字，就拿去烫平收藏起来。

任性地创作，也任性地喝酒，年轻嘛，喝多少都不醉。我的酒是一箱箱地买，一箱二十四瓶。我的日本清酒，一瓶一点八升，我一瓶瓶地灌。来收瓶子的工人不停地问："你是不是每晚开派对？"

任性，就是不听话；任性，就是不合群；任性，就是跳出框框去思考。

我到现在还在任性地活。最近开的越南河粉店开始卖和牛，一般的店因为和牛价贵，只放三四片，我不管，吩咐店里的人，一定要把和牛铺满汤面。顾客一看到，"哇"的一声叫出来。我求的也就是这"哇"的一声，结果虽价贵，但也有很多客人点了。

任性让我把我卖的蛋卷下了葱，下了蒜。为什么传统的甜蛋卷不能有咸的呢？这么多人喜欢吃葱，喜欢吃蒜，为什么不能大量地加呢？结果我的商品之中，葱蒜味的又甜又咸的蛋卷卖得最好。

一向喜欢吃的葱油饼，店里卖的，葱一定很少。这么便宜的食材，为什么要节省呢？客人爱吃什么，就应该给他们吃个过瘾。如果我开一家葱油饼专卖店，一定会放大量的葱，包得胖胖的，像个婴儿。

最近常与年轻人对话，我是叫他们跳出框框去想事情，别按照常规来。遵守常规是一生最闷的事，做多了，连人也沉闷起来。

任性而活，是人生最过瘾的事，不过千万要记住，别老是想而不去做。做了，才对得起"任性"这两个字。

向苦闷报复，是人生一大乐事

在一些苦闷的日子，最好做些花功夫的事，到菜市场去买几个青柠檬，把底部削去一截，让它可以站稳，再切头，用银茶匙挖空，肉弃之。

然后在厨房找一个不再用的小锅，把白色的大蜡烛切半，取出芯来，蜡烛扔进锅中加火熔化，一手拉住芯放在青柠檬里，一手抓住锅柄把蜡倒进去。

冷却，大功告成。点起来发出一阵阵的天然柠檬味，绝对不是香熏精油可比。

同样道理，买了几个红色的小南瓜，口切得大一点，去掉四分之一左右，瓜子挖出，瓜肉拿去和小排骨一起熬汤，熬个把小时，南瓜完全溶掉，本身很甜，加点盐即可，味精无用，装进南瓜壳中上桌，又漂亮又好喝。

橙冻也好玩。美国橙大多数很酸，买橙子选泰国绿橙好了，它们最甜。切头，挖肉备用，另外几个挤汁，加热后放鱼胶粉，现买的 Jelly（啫喱）粉难以控制，其中香料和糖精味道也不自然，还是避之为妙。鱼胶粉不影响橙味，倒入橙壳，再把橙肉切丁加进去，增加咬嚼的口感，冻个半小时即成。

天气热，胃口不好，还是吃点辣的东西，把剩余的鱼胶粉溶解备用。那边厢，将泰国小指天辣舂碎挤汁，加酱油或鱼露，混入鱼胶粉中，冷却后再切成很小很小的方块，铺在排骨或其他食物上，又是一道惹味^①的菜。

炖蛋最过瘾了，利用日本人的茶碗蒸方法制作，材料尽量找些小的，浸过的小虾米、细鱼，半晒干的那种，金华火腿选当鱼翅配料的部分，切成小丁丁。仔细地用茶匙敲碎鸡蛋顶部，留蛋壳当容器，打蛋后和其他材料混合，再倒回蛋壳中，最后把吃西瓜盅用的夜香花铺在上面，隔水炖个五分钟即成。

向苦闷报复，一乐也。

---

① 惹味：粤语中形容食物味道非常好。

128

放纵的哲学

"享受人生的快乐,由牺牲一点点健康开始。"尊·休斯顿说。

这个人放纵地过活,但是八十多岁才死。所谓的牺牲一点点的健康,并非一个致命的代价。大家都知道自由的可贵,但是大家都用"健康"这两个字来束缚自己。

看到举重的男人,的确健康,不过这个做运动的人总不能老做下去,年龄一大,自然缓慢下来。到时他那坚硬的肌肉开始松弛,人就发胖。为了防止这些情形发生,他要不断地健身。

又有个朋友买了一栋有公共游泳池的公寓,天天游,结果患了风湿。注重健康,说得难听一点,就是怕死。

烟不抽,酒不喝,什么大鱼大肉,一听到就摇头。

好,谁能担保不会有个人,二十多岁就患肺动脉高压?哪一人能够胆说自己绝对不会遇上空难、车祸、火灾、洪水和高空掷物?

想到这里，更是怕死。

怎么办？唯有求神拜佛了。

一个人如果多旅行、多阅读、多经历人生的一切，就不当死是怎么一回事了，这个人绝对在思想上是健康的。

思想健康的人一定长寿，你看那些画家、书法家、作曲家，老的比短命的多。

当然不单单是指做艺术工作的人，凡是思想健康的，不管他们出的是好主意还是坏主意，都死不了。

总认为人类身体上有一个自动的刹车器，有什么大毛病之前，一定先感到不舒服。如果你精神上健康，一不舒服就休息，便不会因为过度纵欲而病倒。

喝酒喝死的人，也可能是为了精神不正常，像古龙一样的人，明明知道再喝就完蛋，但是还是要喝下去，也许是他认为自己是大侠，也可能是活够了，觉得这个世界没有什么事是新鲜的了。

吃东西吃死的例子倒是不少。

什么胆固醇，从前哪里听过？还不是照样活下去。

也许有人会辩论说那是因为几十年前社会还是困苦，人没有吃得那么好，所以不怕胆固醇过多。精神健康的人也不会和他们争执，你怕胆固醇，我不怕胆固醇就是了。近来已经有医学家研究出胆固醇也有好的胆固醇和坏的胆固醇，我们只要认为所有吃下去的东西都是好的胆固醇，不亦乐乎？那些怕胆固醇的人，失去尝试好胆固醇的享受，笨蛋。

对暴饮暴食有节制，不是因为不想放纵，而是太肥太胖，毕竟不美丽。

科学越发达，对人类的精神越是伤害，现在的医学报告已达到污染的程度。

最近研究指出喝牛奶对身体无益，打破了牛奶的神话。当然早就说吃咸鱼会致癌，好，那就不吃咸鱼。又听到鸡蛋有太多的蛋白质。什么吃肉只能吃白肉而不吃红肉，等等，唉，大家不知道吃什么才好。

吃斋最有益，最安全，最健康了。吃斋，吃斋。

你以为呢？蔬菜上有农药，吃多了照样生癌！

医学家建议你吃水果之前洗得干干净净。心理上有毛病的人，把它们都洗烂了才够胆去吃。有些医生还离谱到叫你用洗洁精洗蔬菜和水果，体内积了洗洁精也患癌，洗洁精用其他什么精才能洗得脱？

已经证明维生素过多对身体不好。头痛丸有些含了毒素，某种泻药吃了会得大颈泡①，镇静剂、安眠药更是不用说了。

①大颈泡，甲状腺肿块的意思。

算了，吃中药最好，中药性温和，即使没有用也不会有害。人参、燕窝，比黄金更贵，大家拼命进补。但是有许多例子，是因为进补过头，病后死不了，当植物人当了好几年还不肯断气。

植物人最难判断的是到底他们还有没有思想，如果有的话，那么他们一定在想，早知道这样，不如吃肥猪肉，吃到哽死算了。

肉体健康而思想不健康的人，就会出禁这个禁那个的馊主意。这些人终究会失败，像美国禁酒失败一样。现在流行禁烟了。人类要有决定自己生死的自由，虽说二手烟能致命，但有多少例子可举？

制定戒律的人，都患上思想癌症，越染越深，致使"想做就做"的广告也要禁止放映，是多么可怕。

烟、酒和性，不单是肉体的享受，也是精神上的享受，有了精神上的储蓄，做人才做得美满。让你在身体上有个百分百的健康吧，让你活到一百岁吧，让你安安稳稳地坐在摇椅上，望向远处吧！但是脑袋一片空白，一点美好的回忆都没有，这不叫健康，这叫惩罚。

快点把那本令人厌恶的 *Fit For Life*（《健康生活》）丢进字纸篓去！

要整容，不如先整心

看到新加坡的一则消息，有个叫沈罗连的医生拼命替女人拍照片，从十八岁到四十岁，已经拍了一万个人。

沈医生是为了他的职业这么做的，他是位整容专家，但是要求女人让他拍照时还是有困难的，他说："她们带怀疑的眼光看着我，把我当成色狼。"

好在，有个女实习医师帮他的忙，先带他搭路才顺利地完成任务。他认为把新加坡女子的面貌综合起来，找出一个理想的样子，好过模仿西方女人。

"我们的女子双眼之间隔得太开，"沈医生说，"鼻子太大又太扁，额头太凸。但是这些缺点调和起来，还是有东方味道，如果根据洋妞去改，反而是四不像。"

一般上，新加坡人认为电视明星郑惠玉的样子相当的理想，但是能有多少个郑惠玉呢？稀少才觉得珍贵呀，大家都像郑惠玉，那么新加坡人就会欣赏那些额头小、双眼间距宽、鼻子大的女人了。我认为自然还是可爱的。

沈医生有不同的见解，他说："其他的整容医生对双眼太宽的解救方法是把鼻子弄高，将鼻孔改窄，但这么做便不像一个东方女子。我的方法是将鼻端弄得更尖。"

哈，尖了还不是那个鬼样？

整容的女人，是没有自信心的女人。整过之后，一生便永远戴个假东西在脸上。何必呢！而且整失败的话永不翻身。如果成功，那更糟，会上瘾的，这里整整，那里整整。

美，的确占便宜。但是短暂得很，不会做人的话，一下子便生厌。有些女人一看平凡，但是愈聊愈觉得她们有味道，这完全是脑筋问题。

把钱花在增广学识上，或多旅行令心胸广阔，这是基本。要整容，不如先整心。

本性酷好之药

李渔说："一种本性特别喜欢的东西，可以当药。"

人的一生之中，总有一两样偏爱偏嗜的，像文王偏爱用菖蒲腌成的酸菜，曾皙偏爱羊枣，刘伶好酒，卢仝好茶，权长孺好爪，都是一种嗜好。癖嗜的东西，跟他性命相同，如果重病时能得到，都可以称为良药。

医生不明白这个道理，一定要按《本草纲目》检查药性，跟病情稍有抵触，就把它当成毒药对待，事实上这是特殊的病，不可能很快治好。

当今，加上报纸上的医疗版，一说什么什么对身体不好，你之后什么都甭想吃了。连豆腐也说有尿酸，青菜有农药，鱿鱼全身是胆固醇，吃咸鱼会生癌，鱼卵更不可碰。内脏吗？恐怖恐怖！吃鸡不可食鸡皮，剩下只有发泡胶般的鸡胸肉了。

当年瘟疫盛行，李渔得病犹重，适逢五月天，杨梅当季，这东西李渔最爱吃，妻子骗他说买不到，岂知他们家就住在街市旁边，听到叫卖，不管三七二十一，买来大嚼，一吃就是一斗，结果病全好了。

人一快乐，身体就会产生一种激素，把病医好。

只要不是每天吃，一天三餐吃的话，一点问题也没有。别以为满足一时之欲是件坏事，其实它是种生理和心理的良药，绝对可以延长寿命。就算不灵，死也死得快乐呀。个性郁闷、言语枯燥的男人，是没有药医的，因为世上没有一种东西是他们喜欢的，他们本身就是一种传染病，会把你的精力都吸干为止，凡遇此种人，能避之就避之。

菜市场中，所谓不健康食物，多是我们的酷爱。不喜欢肥猪肉，是因为你身体不需要肥猪肉，我年轻时又高又瘦，见到了就怕，当今爱吃，已把它当药。

吃好，喝好，日子过好

古人有四十件乐事：

一、高卧。二、静坐。三、尝酒。四、试茶。五、阅书。六、临帖。七、对画。八、诵经。九、咏歌。十、鼓琴。十一、焚香。十二、莳花。十三、候月。十四、听雨。十五、望云。十六、瞻星。十七、负暄。十八、赏雪。十九、看鸟。二十、观鱼。二十一、漱泉。二十二、濯足。二十三、倚竹。二十四、抚松。二十五、远眺。二十六、俯瞰。二十七、散步。二十八、荡舟。二十九、游山。三十、玩水。三十一、访古。三十二、寻幽。三十三、消寒。三十四、避暑。三十五、随缘。三十六、忘愁。三十七、慰亲。三十八、习业。三十九、为善。四十、布施。

从前大部分乐事都不要钱的，当今当然没那么便宜，谈的只是一个观念。

高卧，睡个大觉，不管古今，大家都喜欢，可是很多都市人睡得不好，只有吞安眠药。静坐，都市人谈不上，我们劳心劳力，坐不定的。

尝酒可真的是乐事，现在已可以品尝各种西洋红白酒，较古人幸福得多。试茶，人人可为，不过茶的价钱被今人炒得不像话，什么假普洱也要卖到几千几万，拍卖起来甚至到成百万元，实在并非什么雅事。

阅读的乐趣最大，不态过大家已对文字失去兴趣，宁愿看图像，连最新消息也要变成什么动态新闻，看得十分痛心。

临帖更是不会去做。对画？对的只是漫画。

诵经只求报答，求神拜佛，皆有所求。《心经》还是好的，念起来不难，得个心安理得，是值得做的一件事。

咏歌？当今已变成去唱卡拉 OK 了。真正喜欢音乐的人到底不多，鼓琴更没什么人会去玩了。焚香变成了点烟熏，化学味道一阵阵。檀香和沉香等已是天价，并非人人烧得起的。

最难的应该是莳花了。"莳花"这两个字指的是栽花种花，整理园艺，栽培花的品种，当今只是情人节到花店买一束送送，并非古人的"莳花弄草卧云居，漱泉枕石闲终日"了。

候月？今人不会那么笨，有时连头也不抬，月圆月缺，关吾何事？

听雨吗？雨有什么好听的？今人怎会欣赏宋代蒋捷的"少年听雨歌楼上，红烛昏罗帐。壮年听雨客舟中，江阔云低、断雁叫西风。而今听雨僧庐下，鬓已星星也。悲欢离合总无情，一任阶前、点滴到天明"？

望云来干什么？要看天气吗？打开电视机好了。

瞻星？夜晚已被霓虹灯污染，怎么看也看不到一颗。有空旅行去吧，在沙漠的天空，你才会发现，啊，怎有那么多。

"负暄"这两个字有两种解释，一是向君王敬献忠心。很多人以为这两个字只有这个意思，不知道它还有第二个解释，即在冬天受日光曝晒取暖，这才是真正的乐事。

赏雪吗？今天较幸福，一下子飞到北海道去。

看鸟去是不敢了，有禽流感呀。

观鱼较多人做，养鱼改改风水，挡挡灾。不然养数百数千数万的锦鲤，发财喽。

漱泉吗？水被污染得那么厉害，怎么漱？就算有干净的泉水，也被商人装成矿泉水去卖，剩下的才用于第二十二条的濯足。

倚竹？当今只有在植物公园里才看到竹，普通人家哪有花园来种。抚松也是，只能在辛弃疾的词中联想："昨夜松边醉倒，问松'我醉何如'。只疑松动要来扶，以手推松曰：'去！'"

远眺，香港的夜景，还是可观的。

俯瞰，从飞机的窗口看看香港的高楼大厦吧。

散步还是一项便宜的运动，慢跑就不必来烦我了。

今人怎有地方荡舟？有点钱的乘游轮看世界，没有的只好来往天星码头。

早上学周润发爬山的好事，至于玩水，在香港的公众浴池，有些人会在中间小解的。

访古最好去埃及看金字塔，寻幽就要到约旦的佩特拉看红色的古城。

当今人真幸运，旅行又方便又便宜，天热可往泰国消暑，又有按摩享受；天寒可到韩国滑雪，又有美味的酱油螃蟹可食。

第三十五的随缘已涉及哲学和宗教了，大家都知道，但大家都做不了。第三十六的忘愁也是一样。

第三十七的慰亲赶紧去做吧，要不然有一天会后悔的。

第三十八的习业是把基本功打好，经过这段困苦而单调的学习过程，一定懂得什么叫谦虚。最后的两件事——为善和布施，尽量去做，如果不是富翁，在飞机上把零钱捐给联合国儿童基金会吧。

要你命的老朋友

我们一家人，除了姐姐之外，都抽烟。哥哥吸了一阵子之后戒掉，他也是全家最早走的；父母都吸到七老八老，我和弟弟两人也一直抽到现在。支气管毛病是一定有的，大家都说早点改掉这个坏习惯，但说归说，至今还在吞云吐雾。

我吸的第一口烟是偷妈妈的，她抽得很凶，是美国大兵喜欢的土耳其系烟叶"好彩"（LUCKY STRIKE）。我从中学起学习抽烟，从最浓的开始吸，这个教育算是不错的。

爸爸抽得较为文雅，是英国弗吉尼亚型的"555"和"盖瑞特"（Garrett）等。打仗时物资贫乏，也抽"黑猫"和"海盗"。

早年抽烟根本不是什么坏事，还得个流行。好莱坞影片中的男女主角你一根我一根，有时男的还一点两根，一根送给女朋友，一根自己吸。

我抽烟虽说是父母教的，但影响我最深的还是詹姆斯·迪恩（James Dean）。他在《无因的反叛》中的形象实在令人向往，没有一个人抽得像他那么有型有款，不学他抽根本不入流。

接着去日本留学了，半工半读，当自己是个苦行僧。抽的当然不是什么昂贵的外国舶来品，什么最便宜就买什么。

价廉的是种黄色纸包装的"IKOI"，一包四十日元，连玻璃纸也省了。因为我一直吸土耳其系的烟叶，这牌子的也掺了一点，抽起来味道较为接近，反而那些贵一点的像"和平"（Peace）和"希望"（HOPE），用了英国弗吉尼亚烟叶，就抽不惯了。

同样便宜的是"金蝙蝠"（GOLDEN BAT），绿色纸包装，味道相当难于接受。但这种烟当年抽起来，已经算是怀旧复古了，所以相当流行。

日本人的脑筋是食古不化的，我向卖烟的店先生买两包，一包是四十日元，他用一个小算盘算，嘀嗒两声，说八十日元。隔两天去买，又是嘀嗒两声，八十。

正式出来工作时，薪水高了，可以买贵一点的"喜力"（Hi-Lite），蓝底白字的包装，一包八十日元，当然也有玻璃纸了。但是这种烟的味道始终太淡，后来收入更佳时，便去抽一种椭圆形的压得扁扁的德国烟，叫为"金色盒子"。它用了百分之百的土耳其烟叶，自己抽是香的，别人闻到却臭得要命。

接着找更臭的。我当年的女朋友崇尚法国，抽一种叫"吉卜赛人"（GITANES）的烟，盒子上用蓝白的图案画着一个拿着扇子在跳吉卜赛舞的女郎，味道实在臭。

同样臭的是法国产的"高卢"（GAULOISES），也是蓝色包装，盒子上画有一个带双翼的头盔。别小看这种烟，在法国抽它还是爱国行为呢，绘画界的爱好者有毕加索，文艺界的有萨特（Jean Paul Sartre），音乐界的有莫里斯·拉威尔（Maurice Ravel）。连"披头士"的约翰·列侬也是它的烟迷。抽起它来，在一群法国朋友之间得到尊重，但最后还是受不了，也不理女朋友，抽别的烟去了。

日本的房子，冬天会放一个大瓷坛，中间烧炭取暖。这时看到老人家拿了一管烟斗，烟斗头上有个小漏斗式的铜头，中间是竹管，吸嘴也是铜打成的，叫Kiseru。我也学着他们抽了起来，但改装了英国烟叶，日本的太劣了，一吸就咳嗽。这种抽法有个缺点，就是烟斗太小，抽一口就要清一次，非常麻烦。

有时也跟着日本人怀旧起来，抽一种叫"朝日"的烟，非常便宜，因为吸嘴占了整支烟的三分之一。吸嘴是空心纸筒，用手指压扁了当成滤嘴，抽不到两下就灭了，也只是当玩的，不会上瘾。

离开日本后，回到中国香港，开始抽美国烟"长红"（PALL MALL），因为它有加长版，自己又买了一个烟嘴加上去，显得特别长，配了我高瘦的身材，抽起来好看。但好看不等于好抽，也不是到处都买得到，后来就转抽了最普通的"万宝路"（Marlboro）。

从特醇的金牌抽起，最终还是回到特浓的红牌子，万宝路的广告和音乐实在深入民心。但说到好不好抽，越大众化的东西，味道一定越普通了。

　　其实香烟并不香，而且有点臭，臭味来自烟纸。美国香烟的烟纸是特制的，据说也浸过令人上瘾的液体，这有没有根据，不是我们烟民想深入研究的。

　　有一点是事实，为了节省成本，有很多香烟根本不全是烟叶，三分之一以上是用纸屑染了烟油来代替。不相信，取出一支拆开来，把烟叶浸在清水中，便会发现是白纸染的。

　　终究烟抽多了，一定影响气管，所以烟民都咳嗽，咳多了就想戒烟，而戒烟的最佳方法是改抽雪茄。我已完全戒掉香烟，现在一闻燃烧烟纸的味道就要避开，实在难闻。当今抽的是雪茄。

　　大雪茄抽一根要一个小时，没那么多空闲，现在改抽小雪茄，大卫杜夫（Davidoff）牌，全部是烟叶。因为美国禁运古巴产品，大卫杜夫很聪明地跑去洪都拉斯种烟叶，在瑞士或荷兰制造这种雪茄。五十支装的雪茄放在一个精美的木盒子之中，看起来和抽起来都优雅得很。我还是不会禁烟的，烟抽了一辈子，是老朋友了，还是一个要你命的老朋友，可爱得很。

浅尝

口味跟着年龄变化，是必然的事。年轻时好奇心重，非试尽天下美味不罢休。回顾一下，天下之大，怎能都给你吃尽？能吃出一个大概，已是万幸。

回归平淡也是必然，消化力始终没从前强，当今只要一碗白饭，淋上猪油和酱油，已非常满足。当然，有锅红烧猪肉更好。

宴会中摆满一桌子的菜已引诱不了我，只是浅尝而已。"浅尝"这两个字说起来简单，要有很强大的自制力才能做到，而今只是沾上边。

和一切烦恼一样，把问题弄得越简单越好，一切答案缩小至加和减，像计算机的选择，更能吃出滋味来。我已很了解所谓一汁一菜的道理，一碗汤，一碗白饭，还有一碟泡菜，其他的佳肴，用来送酒，这吃一点，那吃一点，也就是浅尝了。

吃中菜及日本、韩国料理，浅尝是简单的，但一遇到西餐，就比较难了，故近年来也少去西餐厅。去西欧旅行时总得吃，我不会找中国餐馆，西餐也只是浅尝。

西餐怎么浅尝呢？全靠自制力。到了法国，再也不去什么所谓精致菜（fine dining）的三星级餐厅，找一家小酒馆（bistro）好了，想吃什么菜或肉，叫个一两道就是。

如果不得已，我便先向餐厅声明："我要赶飞机，只剩下一个半小时时间，可否？"老朋友开的食肆，总能答应我的要求。没有这个赶飞机的理由，一般的餐厅都会说："先生，我们不是麦当劳。"

当今最怕的就是三四个小时以上的一餐，大多数菜又是以前吃过的，也没什么惊艳的了。依照洋人的传统去吃的话，等个半天，先来一盘面包，烧得也真香，一饿了就猛啃，主菜还没上已经肚饱。如果遇上长途飞行和时差，已昏昏欲睡，倒头在餐桌上。

亦不欣赏西方厨子在碟上乱刷作画，也讨厌他们用小钳子把花叶逐一摆上，更不喜欢他们把一道简单的鱼或肉，这加一些酱，那撒一些芝士，再将一大瓶西红柿汁淋上去的作风。

但这不表示我完全抗拒西餐，偶尔还会想念那一大块几乎全生的牛排，也要吃他们的海鲜面或蘑菇饭。

全餐也有例外，像韩国宫廷宴那种全餐，我是喜欢的，吃久一点也不要紧，他们上菜的速度是快的。日本温泉旅馆的，全部拿出来，更妙。

目前高级日本料理的用餐方式 omakase 在香港大行其道，那是为了计算成本和平均收费而设，叫为"厨师发办"。我最不喜欢这种制度，为什么不可以要吃什么叫什么，那多自由！当今的寿司店多数很小，只做十人以下的生意，也最多做个两轮，他们得把价钱提高，才能有盈利，你一客多少，我就要卖更贵一点，才与众不同。当今每客五千以上，酒水还不算呢，吃金子吗？我认为最没趣了。

像"寿司之神"的店，一客几十件，每一件都捏着饭，非塞到你全身暴胀不可，也不是我喜欢的。吃寿司，我只爱御好烧（okonomiyaki），爱什么点什么，捏着饭的可以在临饱之前来一两块。

很多朋友看我吃饭，都说这个人根本就不吃东西。这也没错，那是我一向养成的习惯。年轻时穷，喝酒要喝醉的话，空腹最佳，最快醉。但说我完全不吃是不对的，我不喜欢当然吃不多，遇到自己爱吃的，就多吃几口，不过这种情形也越来越少。

从前大醉之后，回家倒头就睡，但随着年龄渐长，酒少喝了，入眠就不容易了，常会因饥饿而半夜惊醒。旅行的时候就觉得烦，所以在宴会上虽不太吃东西，但是最后的炒饭、汤面、饺子等，都会多少吃些。如果当场实在吃不下去，就请侍者们替我打包，回酒店房间，能够即刻睡的话就不吃，腹饥而醒时再吃一碗当消夜。东西冷了没有问题，我一向习惯吃冷的。在外国旅行时，叫人家让我把面包带回去也显得寒酸，那怎么办？通常我在逛当地的菜市场时，总会买一些火腿、芝士之类的，如果有烟熏鳗鱼更妙，一大包买回去放在房间冰箱，随时拿出来送酒或充饥。

行李中总有一两个杯面，取出随身带着的可以扭转插上的双节筷吃。如果忘记带杯面，便会在空余时间跑去便利店，什么榨菜、香肠、沙丁鱼罐头之类的，买一大堆准备应付。用不上的话，送给司机。

在内地工作时，一出门堵车就要花上一两个小时，只有推掉应酬，在房间内请同事们打开当地餐厅App（应用程序）叫外卖，来一大桌东西，浅尝数口，自得其乐，妙哉妙哉。

当小贩去吧!

年轻人最大的问题是迷惘，不知前途如何；成年人最大的烦恼，是不愿意听无能的上司指点。在网上，很多人问我这些难题，我的答案只有三个字，那便是"麦当劳"了。

说多了，很多人误会：你特别喜欢麦当劳的食物吗？你收了他们的广告费吗？为什么老是推荐？

我可以再三地回答：我不特别喜欢或讨厌麦当劳，理由很简单，我没有吃过。我不喜欢麦当劳，是因为我最讨厌弄一个铁圈，把可怜的鸡紧紧捆住，把一种可以千变万化的食材，改成千篇一律。我讨厌的，是将美食消绝的快餐文化。

至于广告，他们有年轻小丑推销，不必动用到我这个老头。他们请大明星，更是不成问题。我老是把这三个字推销给年轻人，是因为他们问我失业怎么办。好的，去麦当劳打工呀，一定有空职，他们很需要人才。人生怎么会迷惘呢？最差也有一个麦当劳请你。

如果你肯接受麦当劳式的职业训练，今后工作的态度也会有所改变，就像叫你去当兵一样，你会知道什么是规矩和服从。你再也不受父母的保护，你知道怎么走入社会，这是人生的第一步。

一切都要靠自己的努力，没有直升机从天而降，去麦当劳打工是基本功。开一家餐厅，有数不清的困难和危机，对人事的处理，有学不尽的知识。做任何事都不容易，这是一个最大的教训，麦当劳会出钱让你学习。

拥有自己的餐厅，就像读书人的理想是开书店一样。喜欢饮食的人，为什么要朝九晚五替别人打工，为什么不可以把时间和生命控制在自己手里？

当小贩去吧！当今是最好的时机。

对的，香港已经没有小贩这回事，政府不许，都要开到店里去。当地产商横行霸道时，租金是当小贩的最大障碍，可是现在不同了，看这个趋势，房地产价钱下跌，租金也会相对便宜，是当小贩的最好时机。

和同事或老友一起出来打世界，一对小夫妻也行，存了一点钱就可以开店了。从小的做起，不必靠工人，不必受职员的气，同心合力把一件事做好。日本就有这种例子。人家可以，我们为什么不可以？

最大的好处是自由，想什么时候营业都行。如果你是一个夜鬼，那就来开深夜食堂吧。要是你能早起，特色早餐一定有市场。

卖什么都行，尽量找有特色的，市场上没有的。不然就跟风，人家卖拉面，你就卖拉面，但一定要比别人的好吃才行。

我一向认为，做食肆，只要坚守着"平""靓""正"这三个字，绝对死不了人。

"平"是便宜，字面上是这意思，但有点抽象，贵与便宜，是看物有所值与否。"靓"当然是东西好，实在，不花巧。"正"是满足。

有了这三个字，大路就打开了，前途无量。

基础打好，有足够的经验、精力及本钱，就可以扩大，就可以第二家、第三家地开下去。但开得越多，风险越大，照顾不到的话，亏本是必定的。

至于卖些什么，最好是你小时候喜欢吃些什么，就卖什么，卖不完自己也可以吃呀！老人家说不熟不做，是有道理的，你如果没有吃过非洲菜就去卖，必死无疑。

即使吃过，只是喜欢是不够的，也别做去学三个月就变成专家的梦，好好学习，从头学起，一步一步走，走得平稳，走得踏实。

香港人最喜欢吸纳新事物、新食物，泰国菜、越南菜，甚至韩国菜、日本菜，都可以在香港生存下去，有些还要做得比本来的更美味。

可以发展的空间很大，也不必去学太过刁钻的，像潮州小食粿汁，就很少人去做。开一档正宗的，粿片一锅锅蒸，一块块切出来，再配以卤猪皮、豆卜之类又便宜又美味的小食，只要味道正宗，所有传媒都会争着报道。

东南亚小吃更有的做，但为什么一味简简单单，又被大众接受的叻沙没有人做得好呢？不肯加正宗的血蚶呀。血蚶难找，有些人说。九龙城的潮州杂货店就可以买到。

别小看小贩，真的会发达的，我就亲眼看到过许多成功的例子，由一家小店开始，做到十几二十间分行。当小贩不是羞耻的行业，当今有许多放弃银行高薪而出来在美食界创业的年轻人。经过刻苦耐劳，等待可以收获的日子来到，那种满足感，笔墨难以形容。

好，大家当小贩去吧！

交友之道，在于互相原谅对方

我们年轻的时候，疾恶如仇。

这当然是青年人最大的好处，他们天真，不受世俗污染，喜欢就喜欢，讨厌就讨厌，没有中间路线。年纪渐大，好与坏模糊了许多，这也不是短处，只是人生另一个阶段。

步入社会，同事间有一些看不顺眼的，即刻非置对方于死地不可。有的讲你几句，马上想诛他家九族，年轻人有的是花不尽的爱与恨，很可惜的是恨比爱多。

年纪大的人，一切已经经历过，抓住了年轻人的弱点，加以利用，先甜言蜜语把他们骗个高高兴兴，再加几句赞美使他们飘飘然，把他们肚中的东西完全挖出来，把它们当成利刃，一刀刀从背后插进去，年轻人毫无招架的余地，死了还不知是谁害的。

别骂人老奸巨猾，因为你也有老的一天。奸与不奸，那是角度的问题。自己老了，就认为自己不奸了。就算不奸，在年轻人眼中，你还是奸的。

外国人常说做人要像红酒，越老越醇，道理简单，做起来不易。

年轻人逐渐变成中年人，又踏入老年，疾恶如仇的特性慢慢冲淡，但也变不成好酒，有些人总是以为世上的人都欠他们的，所以变成了醋。

老的好处是能学习到什么叫宽容，自己犯过错，就能原谅别人，但有些人偏偏认为自己永远是对的，不断地对别人加以评判，要对方永不超生。他们不知道恨别人也是痛苦事。

交友之道，在于原谅对方。记那么多仇干什么？想到他们的好处，好过记他们的缺点，这是"阿妈是女人"的道理，大家都知道，就是做不出。能原谅人，是天生的，由遗传基因决定，无法改变。我能原谅人，是父母赐给我的福分，很感谢他们。

不偶尔偷懒一下，活着干什么

"你做那么多事，一定从早忙到晚！"认识我的人那么说。

也不一定，我有空闲的时候，有时一天什么事都不做。慢慢梳洗、阅报、看小说，饿了煮个公仔吃吃，逍逍遥遥。

香港人忙着干什么？忙着把时间储蓄起来，灵活运用，赠送给远方来访的友人。

返港后，刚好遇到好友路过，陪他一整天。反正现在有手提电话，急事交代几句，轻松得很，没什么压力。

他人通常都会起得迟一点，可惜我这条劳碌命不让我这么做，五点多或六点就起，到阳台看看，今天又长了多少朵白兰花。

散步到菜市场，遇相熟友人，上三楼去吃牛腩捞之前，先斩些叉烧肉，吃不完打包回家，中午炒饭，又派上用场。

应该做的零星事：把眼镜框修理好。手表的弹簧带断了，快去换一条新的。头发是否要剪？指甲到时候修了吧？

趁今天多写点稿！这么一想，所谓的悠闲日便完全破坏，心算一下，这份报纸还有多少篇未发表？那本周刊有几多存货？可免则免，宁愿其他日子熬通宵，也不想在今天工作。

是替家父上上香的时候了，将小佛坛的灰尘打扫干净，合十又合十。

是打个电话去慰问家母的时候了，啊！啊！没事吗？没事最好！燕窝吃完了吗？下次带去。今天是赶不及探访了。

篆刻、书法荒废已久，再练一练吧。把纸墨拿出来时，改变主意，还是继续画领带好。一条又一条，十几条之中，满意的只有一二，也足够了。

"你还要上班吗？"友人问。不上班，怎么知道礼拜天可贵？不偶尔偷懒一下，活着干什么？

我是一个不懂什么是压力的人

为什么不再写剧本呢？我问一个认识的人。

对方摇头叹气："上一个很成功，下一个就难写了，压力太大，压力太大。"

压力？做什么事情没有压力？除非是根本不负责，不顾别人生死，才没有压力。

为了压力，而把要做的事放弃了，那也是一种消极的解决办法。但是，明明知道非做不可，却一直因为压力而拖延，那么，压力，已经是借口。

人生的过程虽说短暂，要走完这条道路也颇为漫长，回顾一下，从前觉得要生要死的事，也不是都已成为过去？有时，你还会对当年的无知发出会心微笑。

我是一个不懂得什么叫作"压力"的人，大概是我的脑子缺少了一条筋。我的人生哲学是：做，成功的机会是一半；不做，是零。

做人可以立品、立言、济世，那当然最好。年轻的我，也曾想过。现在垂垂老矣，不再作悲愤状，但不杞人忧天，学史努比在跳春天的舞，叫道："一百年后，又有何分别？"

人生苦短，别对不起自己

乘的士，司机是位年轻人，态度友善，下车时，他交给我一张小传单，向我说："请你花几分钟看看。"

里面写着：你一生的年日。

翻阅，显然是传教宣传品。

内容为：曾经有人研究人类一生如何花去光阴，发现一生如果有七十岁，他的时间就会如此分配：

睡眠：占二十三年，一生的32%。

工作：占十六年，一生的20%。

电视：占八年，一生的11%。

饮食：占六年，一生的8%。

交通：占六年，一生的8%。

学业：占四年半，一生的6%。

生病：占四年，一生的 5%。

衣着：占两年，一生的 2%。

信仰：占半年，一生的 0.7%。

所以，这张宣传单说我们应该花多一点时间在求神拜佛上。

我并不反对人生有点信仰，只要不沉迷就是。有许多东西是不能解释的，也解释不了。所以逻辑并没有用，只能靠宗教去回答。

只觉得上述几项分得太细，我对人生是这样看的：若活七十岁，睡眠二十三年，还要减去年少无知的七年，已去了三十年。剩下的四十年，人生苦多。三十年是不愉快的，只有十年真正快乐。我们一有机会，便尽量去笑吧。我们一遇到喜欢的人，便尽量和他们接近吧。避开负面的人，尊敬可怕的人，而远之。走远几步路，去吃一间比较有水准的餐厅，别对不起自己。

四 希望是一种不可思议的药

喜欢的字句

为了准备二〇二〇年四月底在新加坡、马来西亚举办的三场行草书法展,我得多储蓄一些文字。发现写是容易,但要写些好字句,又不重复之前的,最难了。

"岂能尽如人意,但求无愧于心"等字句,老得掉牙,又是催命心灵鸡汤,最令人讨厌,写起来破坏雅兴,又怎能有神来之笔?

记起辛弃疾有个句子,曰:"不恨古人吾不见,恨古人不见吾狂耳。"很有气派,由他写当然是佳句,别人的话,就有点自大了。

还是这句普通的好:"管他天下千万事,闲来轻笑两三声。"已记不得是谁说的,但很喜欢,又把"轻笑"改为"怪笑",写完自己也偷偷地笑。

较多人还是喜欢讲感情的字句,就选了"只缘感君一回顾,使我思君朝与暮"。

出自乐府民歌《古相思曲》。原文是："君似明月我似雾，雾随月隐空留露。君善抚琴我善舞，曲终人离心若堵。只缘感君一回顾，使我思君朝与暮。魂随君去终不悔，绵绵相思为君苦。相思苦，凭谁诉？遥遥不知君何处。扶门切思君之嘱，登高望断天涯路。"太过冗长，又太悲惨，非我所喜。

写心态的，到我目前这个阶段，最爱臧克家的诗："自沐朝晖意蓊茏，休凭白发便呼翁。狂来欲碎玻璃镜，还我青春火样红。"也再次写了。

也喜欢戴望舒的句子："你问我的欢乐何在？——窗头明月枕边书。""故乡随脚是，足到便为家"，黄霑说这是饶宗颐送他的一句话，影响了他的作品《忘尽心中情》。我想起老友，也写了。

中学时，友人送的一句"似此星辰非昨夜，为谁风露立中宵"，至今还是喜欢，出自黄景仁的《绮怀》。原文太长，节录较佳。

人家对我的印象，总是和吃喝有关，关于饮食的字特别受欢迎，只有多写几幅。受韦应物影响的句子有："我有一壶酒，足以慰风尘。尽倾江海里，赠饮天下人。"

吃喝的老祖宗有苏东坡，他说："无竹令人俗，无肉令人瘦，不俗又不瘦，竹笋焖猪肉。"真是乱写，平仄也不去管它，照抄不误。

板桥更有诗："夜半酣酒江月下，美人纤手炙鱼头。"

不知名的说："仙丹妙药不如酒。"

还有一句我也喜欢："俺还能吃。"

另有："红烧猪蹄真好吃。"

更有："吃好喝好做个俗人，人生如此拿酒来！"

还有："清晨焙饼煮茶，傍晚喝酒看花。"

最后有："俗得可爱，吃得痛快。"

说到禅诗，最普通的是："菩提本无树，明镜亦非台。本来无一物，何处惹尘埃。"被写得太多，变成俗套。和尚写的句子，好的甚多，如："岭上白云舒复卷，天边皓月去还来。低头却入茅檐下，不觉呵呵笑几回。"

牛仙客有："步步穿篱入境幽，松高柏老几人游？花开花落非僧事，自有清风对碧流。"亦喜。布袋和尚有："手把青秧插满田，低头便见水中天。六根清净方为道，退步原来是向前。"禅中境界甚高的有："佛向性中作，莫向身外求。"都已与佛无关了。

近来最爱的句子是："若世上无佛，善事父母，便是佛。"

我的文字多为短的，开心说话也只喜一两字，写的也同样。

在吉隆坡时听到前辈们的意见，说开展览会定售价要接地气，大家喜欢了都买得起，结果写了"懒得管""别紧张""来抱抱""不在乎""使劲玩"。四字的有"俗气到底""从不减肥""白日梦梦"等。

自己喜欢的还有"仰天大笑出门去""开怀大笑三万声"等。

有时只改一二字，迂腐的字句便活了起来。像板桥的"难得糊涂"，改成"时常糊涂"，飘逸得多。"不吃人间烟火"，改成"大吃人间烟火"，也好。

佳句难寻，我在照惯例每年开放微博的那一个月中向网友征求，若有好的，我送字给他们，结果没有得到。刚好我的网店"蔡澜花花世界"有批产品推出，顺便介绍了一下，便被一位网友大骂，说我已为五斗米折腰，其他网友为我打抱不平。我请大家息怒，自己哈哈大笑，将"不为五斗米折腰"改了一个字，变成"喜为五斗米折腰"，成为今年最喜欢的句子。

电影主题曲

我在社交平台微博上有一千多万位网友，他们都常和我交谈，但并非每一位都可以直接来问我问题，要经过包围着我的一群"护法"，把问题精选后才传给我。

这么做可以预防所谓"脑残"来干扰，清净得多。我也照顾到网友的一些不满情绪，每年在农历新年前开放微博一个月，大家都可以直接与我对话。

这次因疫情，在家时间多了，就一直开放下去，至今也有四个多月了吧，任何琐碎事都聊。网友们说我谈得最少的是音乐，听觉上的享受于我而言没有视觉上的那么强烈，音乐固然喜欢，但电影还是我最喜爱的。不过在这段时期，可以和大家分享音乐，每天选一首我喜欢的歌。而我爱听的，莫过于电影和音乐结合的主题曲了。

首选的是《北非谍影》（又名《卡萨布兰卡》）的主题曲 *As Time Goes By*（《任时光流逝》），戏里面由黑人歌手杜利·威尔逊（Dooley Wilson）高歌。看过这种雅俗共赏的电影，有谁能忘记这首歌呢？后来更有无数歌手唱过，包括弗兰克·辛纳屈（Frank Sinatra）、洛·史都华（Rod Stewart）等。

忘不了的是《金玉盟》的主题曲，大家可以听到许多歌手和乐队演唱的版本，当然要听原声也可以找到。当今有一个叫 *Spotify* 的音乐服务平台，用它能找到各种版本。很多人都唱过《金玉盟》的主题曲，当然唱得最好的是纳京高（Nat King Cole）。

《绿野仙踪》的主题曲由朱迪·嘉兰（Judy Garland）唱出，这首歌已经代表了她，一谈起这个人，不会不提起这首 *Somewhere Over the Rainbow*（《飞越彩虹》）。她实在唱得太好、太有个性，后来的歌手都不敢模仿了。

有时候，某些歌不是为了一部电影而作，但是和剧情一配合，一擦出火花，大家就都不会忘记。像《人鬼情未了》中用了 *Unchained Melody*（《奔放的旋律》），现在一听到这首歌，脑海里的画面就是女的在做陶艺，男的从背后搂住她。大家都不知道最早把这首歌唱红的三个歌手分别是莱斯·巴克斯特（Les Baxter）、阿尔·希布勒尔（Al Hibbler）和罗伊·汉密尔顿（Roy Hamilton），只记得"正义兄弟"组合（The Righteous Brothers）唱的版本。其实，这首原名 *Unchained* 的歌，是为一九五五年的同名电影（该电影的中译名为《牢狱枭雄》）而作，这是一部描述牢狱生活的电影，和爱情或鬼一点关系也没有。

拜赐于《生死恋》，许多外国观众才知道中国香港这个地方。

电影改编自华裔作家韩素音的自传，描述了一个美国记者与一个女医生的爱情故事。电影把清水湾和太平山顶的画面拍得非常美丽，其主题曲就吸引了大批游客，尤其是日本人来到中国香港，功德无量。

每年的亚太影展中，哪一个国家获得最佳电影大奖，大会就奏哪一个国家的国歌。有一年由中国香港得到大奖，大会的乐队要奏什么？《义勇军进行曲》吗？香港还没有回归！《天佑女王》吗？好像不应该全给英国人沾光！结果大会乐队奏起了《生死恋》的主题曲，大家都大声地拍起掌来。

老一辈的观众也许会记得一部叫《画舫璇宫》的电影，在YouTube 上也可以看得到。里面的歌曲不少，但让人记忆深刻的是一个黑人男低音歌手唱的插曲 Ol' Man River（《老人河》），实在动听。

不管什么年龄，大家都会唱的是一首叫 Que Sera, Sera（《世事不可强求》）的歌，是《擒凶记》的主题曲。这是一部悬疑片，由惊悚大师希区柯克导演，又怎么和曲搭上关系呢？因女主角是个歌星，希区柯克为了捧她的场，让她唱了这首给孩子们听的歌。结果剧情大家都忘了，但这首歌还一直被唱下去。

不管你喜不喜欢猫王的摇滚音乐，他唱的情歌总是动人心弦。Love Me Tender（《温柔地爱我》）这首歌本身和剧情无关，出现在一部西部片《铁血柔情》中。另一首 Can't Help Falling in Love

（《情不自禁坠入爱河》）则是一部叫《蓝色夏威夷》的电影的主题曲，当年的制片人想要一些牢狱式摇滚歌曲，猫王说那是没脑筋的人写的歌，坚持用了这首，流行至今。

当然我们也忘不了《珠光宝气》（又名《蒂凡尼的早餐》）中的 *Moon River*（《月亮河》），《毕业生》的插曲 *Mrs. Robinson*（《罗宾逊太太》），《神枪手与智多星》中的 *Raindrops Keep Falling on My Head*（《雨不停落在我的头上》），《红衣女郎》中的 *I Just Called To Say I Love You*（《电话诉衷情》），等等。

也许各位还年轻，这些片子没有人看过。网友问："到底有没有一首主题曲是我们也听过的？"有，那就是 *White Christmas*（《白色圣诞》），它是一部叫《假日旅店》的电影的主题曲。你会听过，你的儿女会听过，你的儿女的儿女也会听过。

当人生进入另一个阶段，温和是一个很好的选择

当人生进入另一个阶段，已不能像年轻时喝得那么凶，汽酒，似乎是一个很好的选择。香槟固佳，但就算最好的 Krug（库克牌香槟）或 Dom Perignon（唐·培里侬香槟王），那种酸性也不是人人接受得了。

当今我吃西餐时，爱喝一种专家认为不入流的汽酒，那就是意大利阿斯蒂（Asti）地区的玛丝嘉桃①（Moscato）了。

Moscato 又叫 Muscat、Muscadei 和 Moscatel，是一种极甜的白葡萄，酿出来的酒精成分虽不高，通常在五六度左右，但是充满花香，带着微甜，百喝不厌。

年份佳的香槟越藏越有价值，但玛丝嘉桃要喝新鲜的，若不在停止发酵时加酒精，最多也只能保存五年，所以专家们歧视，价钱也卖不高。

通常当成饭后酒喝，我却是一顿西餐从头喝到尾。我不欣赏

---

① 玛丝嘉桃，中国香港地区人们对莫斯卡托葡萄酒的叫法。

红白餐酒的酸性，除非陈年佳酿，不然喝不下去，一见什么加州餐酒，即逃之夭夭。

啤酒喝了频上洗手间，烈酒则只能浅尝，玛丝嘉桃可以一直陪着我，喝上一瓶也只是微醺，是个良伴。

女士们一喝就会上瘾，但也不可轻视，还是会醉人，我通常会事先警告她们。

近来和查先生吃饭，老人家也爱上了这种酒，虽有汽，但不会像香槟那么多，喝了也不会打嗝。

已经有不少人开始欣赏，在大众化的酒庄也能找到。牌子很杂，可以一一比较后选你中意的。为了这种伴侣，我专程到皮埃蒙特产区（Piedmont）的阿斯蒂区去寻找，叫 Vigneto Gallina 的最好，商标上画着一只犀牛。

各位有兴趣，不妨一试。

抄经的领悟

认识一个尼姑，叫濑户内寂听。

这位名人很有趣，言论不高深，求她给意见的人，当她是一个心理医生多过一个师姑。我单刀直入地问："每一样菜都要试，你能吃肉吗？"

"佛经中也没有说过不能吃肉，人家布施，有什么吃什么，但是不可杀生。"她回答。

"这有什么分别？"

"想通了，就有分别。"她说。

她主持的庙叫"寂庵"，每月有一次说经，信者很多，都喜欢听她的讲解。我答应过带团友们去京都抄经，想起了她，打了电话去。

"欢迎欢迎。"她说，"你们到的那天我不在，但尽量安排大家到庙里来抄经。"

过了几天，她又来电："我已经推掉约会，在庙里等你。"

抄经的过程只是把一张纸铺在《心经》上面，用毛笔临摹，但要坐在榻榻米上。二百六十六个字很快抄完，如果能忍，将会得到一片宁静。

关于《心经》，濑户内寂听曾经说过："我出家三十四年了，也只学会《心经》（笑），其他经太长，又难记，我受不了。"

"你到底领悟了什么？"我再问。

"那个色即是空的'空'字，是'有'的相反。意识了物质的存在，就是'有'；没有那种意识，就是'空'。举个例子，我在写稿时，工作人员拿了一杯茶给我，我一点也没注意到，后来写完了，忽然看见面前有一杯茶，那就是'有'。以此类推，我们不去注重人间的生老病死和爱别苦离，那就是'空'了。'空'，是一件值得学习的事。"她说。

这回带大家去抄经，除了她的解释之外，我还会用我自己了解的一套，尽量给各位讲解，虽没她的高明，但至少是广东话。

发上等愿，结中等缘，享下等福

——蔡澜在荣宝斋现场问答

问：特别想请教您的是，您活得如此快乐自在的秘诀是什么？

答：我们永远不把我们自己的人生往简单方面去思考，我们自己的想法越弄越复杂，为什么要这样呢？就是因为喜欢，就因为这样快乐比较好，快乐比痛苦好，这是当然的事情。所以要把所有的问题简单化，把自己想法简单化的话烦恼就会比较少。

问：《射雕英雄传》中有一道名菜：二十四桥明月夜。蔡澜先生和一位香港的美食家真正做出了这道菜，我很好奇，您是怎么把豆腐弄得那么圆的？然后又放到火腿当中，而且嵌合得非常漂亮。

答：大的金华火腿，用电锯把三分之一锯开，锯开以后，再用电钻钻二十四个洞，钻了二十四个洞就用掏雪糕的小勺把豆腐掏了填在洞里面，填二十四个再把这一块东西盖起来，再拿到蒸炉里面去蒸六个小时，火腿的味道都会跑到豆腐里面去。

十二个人吃饭，每个人掏两粒来吃，那么这个火腿呢，其实在书上也是这样写的：弃之不食。火腿就把它丢掉吧！

问：您对我们当代年轻人有什么告诫吗？

答：没有劝诫，年轻是一个阶段，都要过的。我很看不惯年轻人和我爸爸很看不惯我是一样的道理。我还是很喜欢年轻人，还是喜欢跟你们交流。年轻人最好的就是可以犯错，不要怕犯错。有些事情做不了的话你要去想，我很不喜欢年轻人想都不敢想，那这个就没有什么希望了，想总要想，对也好坏也好一定要想。这个是我给年轻人的话。

我不相信一代不如一代，我相信青出于蓝。

问：您活到这种通透的程度，现在还有什么烦恼吗？

答：我有烦恼，但是我不告诉你，因为我告诉你没有用，你解决不了我的烦恼，没有用，所以我不跟你讲。因为我要把我所有的烦恼、痛苦都锁到一个保险箱里面，把它一踢踢到大海里面去。

因为讲了没有用，我是一个带欢乐给大家的人，我不想把我的痛苦追加在你们身上，什么事情就先笑，就哈哈哈大笑三声，我跟倪匡兄学的。

问：您觉得年轻人，该如何去经营一段爱情，该如何去遇见一段爱情？

答：爱情是不要经营的，爱情如果要经营那就很假，爱情这种事情一发生了就是不可收拾的。一爱就爱了，要不然的话谁肯去结婚？结婚是一件很野蛮的事情，所以一定要冲昏头脑的时候才会做嘛。

问：虽然咱是第一次见面，但是在见您之前我看过您很多书，然后通过书本的交流，我感觉在您的书里我已经跟您成为好朋友了。您觉得这样咱们算是朋友吗？

答：是，这样是朋友。我跟很多古人都是这样，我跟王羲之，我跟毕加索也是朋友，我跟很多很多古人都是朋友。

问：您在练书法的过程中用的毛笔，在做饭的过程中用的锅铲，还有篆刻时候的刻刀，这三个工具怎样去完成您的书法、美食还有篆刻？

答：熟能生巧。一般我们刻完了以后拿去给冯康侯先生修改，他拿了一把刻刀好像在切豆腐这样，我一看，我说有一天我能够像他这样就好了。现在人家拿一个印过来给我，我也切切切。因为熟能生巧，所以我有这种把握。

刻印是一种乐趣，没有经过这种乐趣的人不晓得。就是你在刻的时候，在晚上，你就这样把这把刀推过去，那个爆裂石头的声音，那个声音真的好听，好听到极点。

晚上你要是听这个声音，你会觉得比任何音乐都好听。

问：您活得特别通透。您是从年轻到现在一直是这个状态，还是经历了一些事情以后，一段时间的沉淀以后，您才是现在的这个样子？

答：我年轻的时候很刻苦耐劳，我付出很多，我生活艰苦，我要供养我弟弟上学，我是过着苦行僧的生活。很年轻的时候，经过很多经历就有一点成绩，有一点成绩我就开始享受了。当然要享受，当然要"报仇"了。有一对对联就是：发上等愿，发愿的话要上等愿；结中等缘，就是跟人家做朋友，也不必高攀了，普通人结朋友也很好；那么享下等福。我是正在享我的下等福，上苍对我还好了。

问：先生您曾经说过，对于老字号有一份敬意，但是面对现在的这种新潮流，您觉得老字号应该如何打破现在这样的困局？

答：不要打破，老字号就老字号，就是按照一贯的去做，也不要创新，什么都不要，就维持。日本有很多老字号，就是日本人开店拿来一块布挂在那边，叫作软帘。他就是让软帘一直挂在那边，所以说只要开店的一天，只要食物保持不变的一天就一直做下去。怎么辛苦也好怎么困难也好，做下去的话，就变成百年老店了嘛，也不必求变的，我很反对求变这回事。

问：您认为"美食不是垃圾"的那个概念和意义是什么？

答：我认为所有的快餐店都是垃圾来的。你们喜欢是你们的事情，我认为是垃圾。

所有烦恼，都有解药

解药听起来，像是武侠小说里才会出现。

茶喝多了，尤其是未经发酵的绿茶，像龙井，就会醉人。半发酵的铁观音也好不到哪里去，空肚子喝，不习惯的人总出毛病。

茶醉起来比醉酒更难受，头晕眼花，冷汗直飙，整个胃像放在洗衣板上揉擦，又搓在一起，挤出一滴滴黄色的胆汁。

茶的解药，就是喝更多的茶，你想不到吧？品种不能乱服，只限老水仙，像大红袍等岩茶最佳。

另一种解茶醉的秘方就是糖了，把一方块冰糖放进口中咬，最有效。西方人喝完茶总送点甜品，是有道理的。

泻肚子也靠糖，不过是葡萄糖。西药的小小粒止泻药很有效，中药的济众水、日本药的喇叭正露丸都不错。但是止了泻，食物中的毒素留在肠胃，还是发出一阵阵的绞痛，让它拉个干净较佳。这时整个人虚脱，就要靠葡萄糖来补充了，喝一口很浓的葡萄糖水，人就舒服起来，再也不必去洗手间，百试百灵。

药房中卖很多解酒的药，广告上也有扮皇帝的演员推销，试过的人说很有效，但严重的宿醉，这些成药救得了吗？

　　醉得多了，自己有一套解酒方法，那就是在中药店买五块钱的枳椇子，煲个二十分钟，服了即解，枳椇子很厉害，草药书籍上也有记载，说造酒之家要是种了这种树，叶子掉入酒瓮，即刻败坏。

　　最原始的解酒药，就是睡它三天。

我们都是对生活好奇的人

我的方向就是把快乐带给大家

很多人会很羡慕我的人生，但是，不用羡慕，实行去，谁都可以的。

我在北京常吃的就是那几家饭店，吃羊肉，因为到了北京不吃羊肉不行嘛。北京就羊肉做得最好。

有个地方是一个朋友介绍的。我们到每个地方去，都有一些当地喜欢吃东西的朋友，而且你看过他们写的文章或者发表过的微博你就会认识。认识这个人，那么就到那边去找这个人。信得过了，那么他就介绍这里好或那里好。

好吃的东西我当然喜欢吃，但不好吃的东西，我也可以学着去吃它。好不好吃，你没有吃过，你没有权利批评。但试过了以后知道不好吃就不吃。

去国外的话，如果遇见什么都不好吃的情况，那么宁可饿肚子。比如，有一次我在伦敦街头，肚子很饿了，走来走去都是这个 M 字头的店。我死都不肯进去，多饿我都不肯。

后来碰到一个土耳其人在卖那个一块一块的小肉，用刀切。我就终于有东西可吃了。

吃饭是有尊严的，宁肯饿着，不好吃我就不吃。

我从来不会把吃当成半个工作。我有一个写了几十年的专栏叫作《未能食素》。有一天我说，哎，旅行的时候也要我发稿？别的文章可以一边旅行一边写，只有这一篇东西不能够，因为你离开了很久，你没有吃过那个餐厅，你不能乱写。

我这一生到现在为止，并没有做到很任性地生活。我想做的事就是我的方向，我的方向就是把欢乐带给大家，一方面又可以赚钱，尽量不要做亏本的事情，我现在这个年纪还做亏本的事很丢脸的。

我最得意的发明是和镛记老板甘建成先生一起还原了金庸小说《射雕英雄传》里的"二十四桥明月夜"这道菜。

这道菜的来源是：黄蓉要求洪七公教武功，洪七公说你煮一个菜给我吃。黄蓉说，吃什么？洪七公说，吃豆腐。怎么做呢？要把那个豆腐塞在火腿里面，那么这个怎么做呢？书上没有写明。因为这里（镛记）有个金庸宴，我就跟这里的老板甘先生一块去研究，研究完了我们就把一个火腿切了三分之一，然后用电钻钻了二十四个洞，再把豆腐放在里面，用盖盖起来拿去蒸。因为火腿的味道都已经进入到豆腐里，所以，这道菜只吃豆腐，火腿弃之。

金庸吃了之后，表示很喜欢。

除了金庸小说里的菜式，也试着还原过其他作品里的菜，比如《红楼梦》以及张爱玲的一些小说，但是，最后弄出来的菜，其实都不好吃。

我喜欢的是欣赏

我做监制就是邵逸夫先生教的，他说你要是喜欢电影的话，你就要多接触电影这个行业一点，你如果单单是做导演的话，那么这部戏你拍完了以后就剪接，时间紧，牵涉到的范围比较窄小，你如果做监制的话，任何一个部门你都要知道，做监制有一个好处就是说你懂的事情多了以后，你就可以变成种种的部门，你都变成一个专家以后，你的生存机会就会越来越多，可以去打灯，可以去做小工，总之你的求生的技能越来越多，你的自信心就强起来了，都是这样。

邵逸夫先生之所以给我这么多机会，一方面因为跟我的父亲是世交，另一方面还因为他觉得从这个年轻人身上能看到当年的自己，觉得我是适合做这一行的。他是喜欢我的，所以他才会把所有的事情都讲给我听。

但并不是因为邵先生的关系，我一上来就要管很多人、很多事，也是要像新人一样从头开始，去学习，学习了之后才可以去做。

我参与的第一部电影是从拍外景开始，像张彻先生来拍《金燕子》，我不是整部戏参与，就是外景部分罢了。从那里学起，一直学，跟这些工作人员打好关系以后，我就开始自己拍戏。我跟邵先生讲，你们在香港拍一部戏要七八十万或一百万，我这里二三十万就给你搞定了，你们拍戏在香港拍要五六十天，我这里十几天就给你搞定了。那时候是越快生产越好，因为工厂式的作业，所以他也就听得进去。他说那你就拿这笔钱去，你就去拍，那么我就开始在日本拍香港戏，请了几个明星过来，其他工作人员都是日本人，拍完了以后就把它寄回去，就在香港上映。所以在东京拍香港片子就算是外景，也不能够拍日本外景，都要拍得很像香港，模仿香港，所以看到富士山也把它剪掉了，不拍的。

那时候我二十多岁，但我必须要掌控全局，没别的办法，就学，学习的过程从犯了很多错误开始，但犯错误不是坏事情。

我对所有的工作人员都要求很高，所以我曾经一度把所有的工作人员都炒了鱿鱼，只剩下我一个，重新开始组织。就是因为拍一部片子的时候，他们太慢。

没人了也没关系，再去组织就是了。

但这件事给我的一个经验就是，我要炒人的话，从炒一两个开始，不要通通炒掉。

我对人对己都要求很严，尤其是自己，要从自己开始。

合作的那么多导演，都是一些以自我为中心的怪物。没有一个我喜欢的，我都很讨厌他们。如果让他们来评价我的话，他们会说中午那顿吃得很好。

那是香港电影最最好的时候，因为忙碌，不断地有戏拍。因为每部戏都卖钱。

但是也会困惑。因为没有自己喜欢的题材、喜欢的片子，像我跟邵逸夫先生讲，我说邵氏公司一年生产四十部戏，我们拍四十部戏但是其中一部不卖钱，但为了艺术为了理想这多好。这是可以的，你们四十部中的一部你可以赌得过的。

他说我拍四十部电影都赚钱，为什么我要拍三十九部赚钱，一部不赚钱？我为什么不拍通通赚钱的？那么我也讲不过他，结果就是没有什么自我了。那时候我的工作就是一直付出，一直付出，一直把工作完成，没有说自己想拍些什么戏，就可以拍，所以如果谈起电影的话，我真的是很对不起电影。我对我这段电影的生涯，不感到非常骄傲，我反而会欣赏电影，我欣赏的能力还不错。我做监制的时候我就为工作而工作，常常人家批评我，他说你这个人，你到底对艺术有没有良心？我说我对艺术没有良心。你是一个没有良心的人。我说我有，我对出钱给我拍戏的老板有良心，因为他们要求的这些，我就交货给他们，我有良心的，我不能够说为了自己的理想而辜负人家，拿了这么大的一笔钱，让我来玩，我玩不起。

我只是赶上电影最容易卖的时候。但是作为一个有抱负的电影人，其实那是挺痛苦的。

但是没有后悔过。因为每个人都有自己的时代。

我那时候的心态就是把电影当成一个很大的玩具，因为你现在没有得玩，现在拍电影，好像大家都愁眉苦脸痛苦得要死，我很会玩啦，我会去找最好的地方拍外景，当年最好的酒，当年最好的一桌子菜，我都把它重现起来，女人我会重现，让她们穿最漂亮的旗袍，这些我会很考据的，把这部戏拍起来，在拍的中间，我很会玩，我已经达到我的目的了。

被这个时代推着，你不给我别的机会，那我就从中找到别的乐趣。

我经历这种失意的年代，那时候我就开始学书法。三十几岁吧，有一段时间很不愉快，不愉快，我就学东西了。

我学书法很认真，还有篆刻，刻图章。现在还可以拿得出来，替人家写写招牌。

内心是会郁闷的。当然郁闷时间很短，后来我才发现我在书上也写过，干了四十年电影，原来我不喜欢干电影这行。

因为我喜欢的是欣赏，看，我不喜欢参加在里面，但是我会把自己变成一些大的玩具，就好玩，对自己的人生也有帮助，现在我欣赏电影就好了，不要再去搞制作，制作很头痛。

我做不了像邵逸夫那样的电影大亨。我没有那种决心，很多很绝情的事情我做不了，很多决定我做不了。

比如你要很绝情地说，每一部戏都要赚钱，这个很绝情吧，我就不可以了，我说有钱就完了吗？

我不较劲，这个事情我做不好的话我离开一段时间，我试一个别的事情。这点就是很多很多经验积累下来以后，让我离开，让我决定再也不回来。我不遗憾，我知道遗憾了也没用。我也不是一个有野心的人。我只是对工作要求高，我不怕得罪人，我看到不喜欢的我就开口大骂了。

在电影圈里面要找一两个性情中人不容易，都是很有目的地去完成一件事情的人。做导演的多数都是想着"我自己成名就好了，你们这些人死光了也不关我事"的人，这种人我不喜欢。我最欣赏的人都不是电影圈的，像黄霑、金庸、古龙。这几个人是我最好的朋友。共同点都是文人，都是对生活好奇的人，都是性情中人。

心灵的慰藉很重要

我一直强调人生只有吃吃喝喝，这当然是开开玩笑；其实，心灵的慰藉是很重要的。

经常鼓励年轻人多看书，多旅行，这都是精神食粮，这是老后的本钱，可以用来回忆。

有一本书叫《死前必游的一千个地方》，京都是其中之一，但看它的介绍，不过是跑跑金阁寺而已，从来不提三岛由纪夫有一本书以它为背景，不说一青年看那么美的庙看到发痴，最后要放火把它烧掉的故事。

京都的吃吃喝喝不是每一个外国人都能欣赏的，最著名的餐厅叫"吉兆"，但奉上的怀石料理有些人会说好看不好吃，而且吃不饱。我们这回去，做个折中，在"吉兆"吃牛肉锄烧，相信团友们会满意。

在庙边吃豆腐，颇有禅意，但上桌时一看，只是一个砂锅，下面生着火，砂锅底铺着一片昆布，昆布上有几块豆腐，让汤慢慢滚，滚出海带味和豆腐一块儿吃，就此而已，第一次尝试的人一定呱呱大叫。吃豆腐也得来个豆腐大餐，至少有七八品不同的吃法才不会闷，但也不能贪心，要是点过十品，之后有几个月不敢去碰。

我们在京都，其他大餐还有黑豚锅和京都式的中华料理，和一般的有很大的分别。但京都人始终注重穿不注重吃，两天之后还是移师到大阪，去有马温泉泡个饱，到神户去吃最好的三田牛，返港之前再来一顿丰盛的螃蟹宴。

我们也会到京都的艺妓街周围散散步，买些吸油的化妆纸，再到一条充满食物的街去，让大家带些干货当手信。

此行最少可有抄经经验的收获，《心经》不必每句都懂，先入门，先记一记，今后慢慢了解体会。回来照庙里的方法抄经，能抄多少句是多少句，不必急着抄完。这时你已发现一切烦恼扫空，那种宁静，是《心经》送给你的第一份礼物。

珍之珍之。

写经之旅

从赤鱲角飞大阪关西机场只要三小时，再直接乘一个半小时的车就到京都了。

我们这次是来抄经的，一群人浩浩荡荡迫不及待，但我还是要大家先吃顿好的，睡一晚，翌日去。我一向抄经都在早上，这习惯改不了。

第二天，我们来到岚山，因为路窄，要步行十多分钟之后才能到目的地"寂庵"。

"为什么抄经一定要跑到日本来？"有一位团友终于忍不住问。

"什么地方都可以，这里吃住都好，借故来的。"我笑着回答。

"京都那么多大庙，为什么要选这家小庵堂？"

"随意一点嘛。"我说，"庵的住持濑户内寂听是我的老友。"

"寂听是她的名字吗？"团友又问，"为什么取个寂字？因为寂寞？"

"照她的解释，寂字可作静。我们就静静地听她讲经吧。"

再也没其他问题，我们继续往前走。

从前只是一块农地，濑户内这位大尼只手空拳买了下来，按照自己的意思，一草一木地建起这个幽静的庵堂来。

门口很小，挂着用毛笔字写的"寂庵"两个字，已被风雨冲淡了墨汁，另有个大竹筒，筒上开了个口，写着"投句箱"三个字，用来让施主们留言，也代替了普通的邮箱。

走进院子，种满了树，可怜的小白花开放，一点一点。

花下有很多地藏石像，日本人供奉的都不是留胡子的土地公，而是每一个都像儿童。有些包了一块红巾，像家庭主妇入厨时的围裙，不知有何典故，下次遇到友人再问个清楚。

另有一块巨石，刻着用抽象字体写的"寂"字，那么多个"寂"字，整个环境的气氛，产生一种非常幽静的感觉，令人安详。

再走向前就是庵堂，而住持的住宅建在另一边。

"真是不巧。"濑户内寂听的秘书长尾玲子一见到我就说，"老师昨天晚上跌了一跤，肋骨断了。"

团友们听了失望，我说："古人访友，有时过门不入。"

"您讲话还是那么有意思。"玲子说，"老师一直多么希望能见到您，从上次《料理的铁人》节目中遇到您之后，我们时常提起。""那时候你也在吗?"我已经不记得了。

她微笑点头:"请进,请进。"

庵堂之中,前面摆着佛像,堂内已有数十张小桌,透过白纸可以看到下面铺满心经,我们逐字临摹即可。

砚箱中还有一块砚、一条墨、一个盛水的小碟、一枝舀水的小匙,日本人叫为"水差",另有二管毛笔和一块笔置以及两个文镇。

"写好了,请将砚和笔在后院洗干净,放回箱中好了。"玲子叮咛。香炉中的烟飘过来,我们可以开始了。

团友们看着毛笔,又望见没有桌椅的榻榻米,一阵疑团,心里一定在说:"几十年没碰过毛笔,怎么写?又要坐着写,膝腿受得了吗?"

我说:"脚酸了,起来走走,中间停下,也不会像学校里给先生骂的。"

众人笑了,放松了一点,我又接着说:"毛笔,只是一种工具,我们一抓,等于是手指的延长,不必怕。这是我的书法老师冯康侯先生教我的。"

大家更安心了一点。

"能写多少字是多少字,多少行是多少行,经文的内容不必明白，如果不懂又想知道，等写完我再解释。"

先滴水，再磨墨，我们举起笔来，一字字抄。

寂听人不在，但她的文章曾经写过："无心抄，也能把心安稳，任何苦难，任何悲哀，一概忘怀，这就是写经的无量功德了。"

大家一起抄经，一字字用毛笔描，其中也有些写惯经的，但也因盘膝而不舒服，不过大家动也不动，把一页经书抄完。

"有点不可思议。"团友说，"我以为一定忍不住要站起来的。"

我走到各人面前看，有些笔画幼稚，有些纯熟，俨如书法家，其中一位刘先生写得最好。我说："有什么要问的吗？"

大家都摇摇头："今后慢慢体会好了。"

"有什么共同的感受？"

"舒服。"大家回答。

本来庵里也设了一个小卖部，今天不开了，看宣传单张，有好几种。

"和颜施"是挂墙日历。什么叫和颜施？寂听说："是一直微笑的脸孔。布施并不一定用金钱，人类的表情之中，微笑最美了，遇到人便微笑，就是另外的一种布施。"

挂历印着寂听名言，也有每日一句的案头日历出售，印着旧历、二十四节气和一年中的自然现象，像"今日牡丹花开"等。

最值得购买的是寂听的"微笑日记"，和别的不同，没有年份。

不但没年份，月、日都是空着的，另有空格让人填上：一、起床和就寝的时刻，让人知道睡眠时间充不充足；二、今日早、中、晚饭，记录吃的东西平不平均；三、早、中、晚的服药；四、今日走的步数。

最重要的是有一个叫"微笑的种子"栏目，寂听问："你开心吗？你快乐吗？你感恩吗？觉得其中之一，就要记下来，这是你微笑的种子。"

她并不赞成每天都要记日记，她说："想记就记，不必勉强自己，另外，一有快乐的，就要填入微笑的种子栏内，遇不愉快的日子，便翻阅。你能记得过往有那么多开心事，心情自然安详了下来。微笑的种子，开花了。"

"我看不懂日文，请你把寂听的名言翻来听听。"有位团友要求。

试译如次：

爱有两种姿态：渴爱和慈悲。想独占对方，又嫉妒又执着的是渴爱。慈悲是没有要求回报的爱，没有条件的爱。释迦叫人别爱，是要人戒渴爱。

旅行和爱，有相似的地方。喜欢旅行的人，都是诗人。

旅行和死，又有相通之处，出门后不回来，是诗人才能了解的情怀。

孤独又寂寞时，旅行去吧！旅行能把寂寞的心灵和疲倦的身躯轻轻抱起。

在不同环境下，不同心情之中，我们有交友的缘分，这是天赐给我们的，旅行去吧！

今天是一个好日子，明天也是一个好日子。一起身就那么想好了。

一旦有什么不愉快的事发生了，就说：咦，弄错了吧？

这么想就对了，开朗的人，不幸的事是不会发生在你身边的。

穿华丽的衣服能够让你心情开朗，穿灰暗的衣服心情就沉了下来。

所以我越来越爱漂亮的颜色，偶尔也施点脂粉，这并不犯戒。

近来的年轻人知道过圣诞节送礼物，过情人节又送礼物；他们不知道有布施这回事。布施，是送给佛的礼物。

我年纪越大，越感觉到自己身上的血就是父亲的血留下来的。我倒酒给别人喝的时候，瓶口和杯子的角度、距离和手势，和父亲像得不得了，令我想到在父亲生前，为什么不对他好一点。

任何悲哀和苦难，岁月必能疗伤，所以有"日子是草药"这句古话，只有时间，是绝对的妙药。抄经和读经，不是一张进入幸福的门票。不期待回报的写经，才是一种真正的信仰。

关于纳京高

谈过帕蒂・佩姬（Patti Page）的《田纳西华尔兹》（The Tennesee waltz，1950）之后，年轻读者反应激烈，要我多聊聊那个年代的歌手，问我他们到底有什么共同点。

有的，那就是歌词每一个字都咬得清清楚楚，发音非常之准确，绝对不像当今的，似肺结核病患者那么吸气，根本听不出唱些什么，如果各位想学英文，这是一条大路，选几首自己喜欢的，听了又听，一定进步得很快。

最厉害的应该是黑人歌手纳京高（Nathaniel Adams Cole），只要听过与《田纳西华尔兹》同年出唱片的《蒙娜丽莎》（MonaLisa），便深深地被他那迷人的歌声吸引，毕生难忘。

其实，纳京高后来说过他自己并不喜欢这首曲，他十七岁就结婚了，出道早，很坦白地说："我是一个用心感受音乐的人。并不是一个真正的歌手，我唱歌，是因听众买我的唱片罢了。

接着的《太年轻》（Too Young，1952），令全球青年疯狂，《爱情是件了不起的事》(*Love is a Many-Splendored Thing*，1955) 没人不会唱，更成为香港传唱度极高的歌。

一九五五年的那首凄凉的《秋叶》(*Autumn Leave*，1955)，不是纳京高唱红的，是当年钢琴家罗杰·威廉斯（Roger Williams）奏红的，而原曲出自更早的法国小调。

一九五七年，比利·怀尔德（Billy Wilder）邀加里·库珀（Gary Cooper）和奥黛丽·赫本（Audrey Hepburm）拍了《黄昏之恋》(*Love in the Afternoon*，1957) 一片，里面的主题曲《迷惑》(*Fascination*) 大受欢迎，填上英文歌词，请纳京高唱出，更引人难忘。

歌词是这样的：

It was fascination, I know
我知道，这是迷惑
And it might have ended
它或许已经结束
Right then at the start
就在开始的那一刻

Just a passing glance
就是那么不经意的注视

Just a brief romance

那么短暂的浪漫

And I might have gone

我可能飘过

On my way

在路上

Empty hearted

内心空虚

It was fascination, I know

我知道，这是迷惑

Seeing you alone

看到你孤单地站着

With the moonlight above

沐浴在月光之中

Then I touch your hand

当我抚摸到你的手

And next moment

再下来的一刻

I kiss you

我吻你

Fascination turned to love

迷惑变为爱

纳京高的样子长得相当难看，有个大嘴巴，他曾经自嘲："我不会看我自己出现过的电影或电视，那种感觉是复杂的，怎么说呢？我受不了我自己的样子。"

也许是这种自卑感，每当他出现在公众面前，必打领带，穿整齐的西装，很少以便服示人。

他生长在一个种族主义盛行的年代，表演时也受过歧视黑人的暴民袭击，这令他把歌唱目标转移到拉丁民族的听众，到古巴表演时，他用西班牙语唱歌，在不断的训练当中，精通了这个国家的语言，那首《也许，也许，也许》（*Quizas，Quizas，Quizas*）脍炙人口，当年的青年学着唱，结果大家都懂得几句西班牙语。

他受欢迎的恋曲，还有一首叫《当我恋爱时》（*When I Fall in Love*），歌词如下：

When I fall in love

当我恋爱时

It will be forever

那份爱将会是永远

Or I'll never fall in love

不然我是不会爱的

In a restless world like this is

当今浮躁的社会下

Love is ended before its begun

爱情还没有开始就结束

And too many moonlight kisses

太过多的月夜深吻

Seem to cool in the warmth of the sun

好像在温暖的阳光下已经冷却了

When I give my heart

当我献出了我的心

It will be completely

它将会是整个的

Or I'll never give my heart

不然我不会献出

Oh let me give my heart

我会献出我的心

And the moment I can feel that

这个时刻我能感到

You feel that way too

你的心也是一样的

Is when I fall in love

当我恋爱时

With you

和你

……

事业，当然有低潮时，纳京高说："音乐是有感情的，当你遇到一个歌手感情低落，你并不和他一样低落，乐评家就会说你已经没从前那么好了。"

对他们，他没有一句好话，骂道："乐评家是不会买唱片的，都是人家送的。"

他一生成就最高时，是他在一九五六年主持电视节目 The Nat King Cole Show 时，这也是电视史上第一个不是白人主持的节目。

当年留下的影像，让他的歌很容易就可以在 YouTube 下载，最好的几首是：《Smile》《Sweet Lorraine》《Tenderly》《Ramblin' Rose》。

纳京高很短命，四十五岁就死了，后来也成为歌手的女儿娜塔莉（Natalie Cole）当时还小，没有机会和父亲合唱。当今通过崭新科技，将两人的影像合一，唱出名曲 Unforgettable，实属佳话。

什么是即兴音乐？

"请您讲多一点关于即兴的事。"弟子说。

"即兴不只发生在爵士乐里，文学也行。想到什么，写什么，也有人叫这种叙事为意识流。如果即兴发生在人生不同的阶段，更是好玩。"

"什么叫人生中的即兴？"

"想到做什么，就去做什么——当然不能违法。不经过思维的不叫即兴，而叫 impulsion（冲动），是种本能的冲动，很危险。早在波希米亚，那里的人思想自由奔放，常做些即兴的事。这么一来，就在死板的生活中起了变化。后来，疲惫的一代（Beat Generation）也承继了这个传统，大家聚在一起聊天，想去什么人家里就一大堆人去了，聊到天明；想去海边就去海边，大家跳进海中游泳。你说好不好玩？"

"疲惫的一代，后来演变成嬉皮士了。"

"你说得对。但是嬉皮士的后代太注重物质享受，又变回古板的优皮士，思想就没那么自由了。"

"中国人呢?"

"自古以来有寒山、拾得，有竹林七贤，这些人的思想都和欧洲的波希米亚人（Bohemian）一致。"

"您要教我学做一个波希米亚人吗?"

"我不能教你去做任何一种人。我只可以告诉你有这么一种选择。既不知道，连想也不敢去想，是很可怜的。"

"如果我是一个生活在思想不开放的社会里的人呢?"

"没有人可以绑住你的思想。偶尔的放纵是件好事。但是要放纵，先要学会收拾。不会收拾，是没有资格去放纵的。不能收拾的放纵，就是本能的冲动。会收拾的放纵，就是即兴了。爵士音乐中的即兴，最后还是会回到原先的曲子。"

五 吃喝玩乐手记

能够把平常的食物变成佳肴，是艺术

能试到各种菜，就是一种福气了。书法老师给过我一个对子："择高处坐，向宽处望，往平地行；发上等愿，结中等缘，享下等福。"我享的，就是这种下等福。自己喜欢的，常去的，环境不一定好。爱吃的人，是不会在乎这些的。

喜欢美食的人，不会认定自己是东方人或是西方人。人就是人，是一个世界上的人，是一个活在地球上的人。喜欢美食的人，较为单纯，他们追求更好吃的东西，没时间去动脑筋害人，很容易交上朋友。

看一个人的厨房能看出他的性格。灶头比较小，就知道不太重视做菜。厨房讲究的人大多是欧洲人。我在法国乡下碰到一个医生，他厨房里很多炊具都有几十年的历史。厨房长桌很大，他说以前"二战"打仗时给伤兵开刀，他就用那张桌子，特别好玩。

还我天然，还我纯朴。冬瓜豆腐我来得个喜欢，豆芽炒豆卜更是百食不厌的，任何最普通的材料都能做出美味的菜来，问题是肯不肯花时间去找，肯不肯花功夫去做。能够把平常的食物变成佳肴，是艺术，不逊于绘画、文学和音乐。人生享受也。

影响中国菜的罪魁祸首，就是当今的人注意的所谓"健康"。怕油怕咸怕甜，这不敢叫那不敢吃，精神就有毛病。而精神上的毛病，往往影响到肉体上的毛病，现代人的毛病，是医不好的。有钱就怕肥，当今的趋向是开健身房、吃减肥药了。

我是一向反对吃野味的，也不是因为什么崇高的观念，纯粹因为烹调技术练习不够，野味总不能天天烧来吃，大师傅如果能够把鸡、牛、羊和猪肉做得好，已经食之不尽。

一个人懂不懂得吃，也是天生的。遗传基因决定了他们对吃没有什么兴趣的话，那么一切只是养活他们的饲料。喜欢吃东西的人，基本上都有一颗好奇心。对食物喜恶大家都不一样，但是不想吃的东西你试过了没有？好吃，不好吃？试过之后才有资格判断。没吃过你怎知道不好吃？

美食并不一定要贵才可以称为美食，食物的水准和素质要求很重要。我们活在这个世界上也希望过得一天比一天好，如果你连这点要求都没有，那么你对任何事情都不会有要求，平平庸庸地过一生也可以，不过如果问我，我就会不甘愿。

小时生日，妈妈焓熟了一个鸡蛋，用红纸浸了水把外壳染红，这是祝贺的传统。当年有一个蛋吃，已是最高享受。我吃了蛋白，刚要吃蛋黄时，警报响起，日本人来轰炸，双亲急着拉我去防空洞，我不舍得丢下那颗蛋黄，一手抓来吞进喉咙，噎住了，差点呛死，所以长大后看到蛋黄，怕怕。

蔡家炒饭是先将锅烧红加入适量的猪油、大蒜，倒入泡肥的虾米。煎至略焦放上几层的面纸上吸去油分。把冷饭加入炒之，打一个或两个蛋进去。把饭拨开，中间再放些猪油、炸香的猪油渣，加入生肉粒炒至半熟，以饭盖之。随即加切好的芥蓝菜粒，先扔茎，续之叶，加虾米炒熟，冒烟时，用适量的鱼露。最后将黑胡椒粗末、炸到棕色的小红葱和芫荽碎片放下，更锦上添花。

我看食谱，但志在研究配搭，绝不照做，煮菜喜欢即兴创作。有时材料不用多，可用烹调技术搭救，变出不同花款。除盐、豉油外，我反对用调味料，反对勾芡，不介意用适量味精。社会一繁荣，小贩东西就不好吃。在新加坡煎一个蛋没吉隆坡好，吉隆坡没槟城好，最好的荷包蛋，要去泰国吃了。我在新关子岭吃到一顿印度啰惹，那是炸虾饼、炸鱼丸、炸豆腐等的煎炸东西切成一大盘，淋上独有的印度酱汁，用花生末和咖喱甜酱配合而成，和儿时尝到的一模一样，感激流涕。

鳗与鳝

鳗鱼和鳝鱼怎么分呢？不是海洋生物学家，不必去研究。中国人依各地不同的叫法来定，通常小条的，一尺长，胖子的拇指般粗的，都叫鳝。上海人切丝后用油来泡，上桌前把炸得蹦蹦跳的蒜蓉放在中间，是真正的"炒鳝糊"，当今已没有多少人会做了。

鳗鱼则指日本人的蒲烧，把肥大的鳗鱼去骨后片开，先蒸熟，再拿去烤，淋上甜汁，皮的下面有很厚的一层脂肪，肥美得不得了。

鳗鱼，外国人通称为"EEL"，从前只是穷人才吃，做成肉冻，当成下午茶的点心，比有钱人吃得好。当今少人做，也卖得很贵，偶尔在餐厅看到，必点。

吃寿司时，用的鳗鱼都是海鳗。日本人的规矩分得清楚，寿司店卖的全是海鲜，一切河鱼是不碰的。河鳗则要在专门的铺子吃，每一个城市或乡下必有一间，坚持用古法慢慢地烤。从前我的东京办事处后面有一家，由一个小老头用一把扇子扇炭，发出来的烟熏得他眼泪直流，还是不停地做，差点盲掉，看得令人心酸。

到了夏天，鳗鱼铺外面必挂着旗帜，写上"丑之日"几个字。天气热时吃鳗鱼来强精，这个风俗，应该是在唐朝时由中国传过去。我们自古以来有"小暑黄鳝赛人参"的说法。喜欢吃烤鳗鱼的人到了东京，可以去一家叫"野田岩"的老店，只有在他们那里还能吃到野生的。当今日本的鳗鱼，百分之九十九点五都是养殖，天然的因环境污染，少之又少。

有大量的需求，就从中国大陆买鳗苗，又在中国台湾养成小鱼，最后放入日本的湖泊中成长。大家吃到的，到过好几个地方。当然，天然的和养殖的还是有分别的，只有老饕才吃得出。

日本的鳗鱼店中有各品种，愈肥大的愈贵，便宜的瘦得不得了。有些还是在汕头烧了，真空包装运到日本，烤它一烤上桌。

除了用甜汁烤，还有只加盐的，叫"白烧"（SHIRAYAKI），吃时撒上山椒粉，是下酒的好餸（粤语中下饭的菜），还有鳗鱼的肝和肠，都很美味。他们也把鳗鱼肉剁碎了加进鸡蛋中，烧成鳗鱼蛋卷。

既然野生的那么珍贵，还是去韩国吃较为合算，他们那边吃的人少，湖泊中天然生长的极多。吃法是像日本用甜酱蘸过，放在炉上烤，又有韩国人喜欢的辣椒酱的做法，价钱卖得十分合理。

但是到了韩国，还是欣赏他们的"盲鳝"好。这是一种深水海鱼，吃海草长大，不必找猎物，所以眼睛也退化了，个子只有像上海人吃的黄鳝那么大。骨头多的话怎么吃？他们是原条烤的，放入嘴中，才发现这些盲鳝的骨头也像眼睛那样退化，是没有骨头的，整条都是肉，富有弹性，又很甜美，非常好吃。

偶尔，在香港也能找到巨大的鳗鱼，广东人称之为"花锦鳝"，因为皮肤有花纹，非常之珍贵，那么一大条，要有人"认头"才宰杀。吃的是那层又肥又厚的皮，头和颈的皮最多了，也卖得最贵，许多年前已要三千块一份。有人认了头，其他部位切成一圈圈地用大量的蒜头红烧，每客也要一千大洋。

小时听到父母说，在江边抓到一条花锦鳝，就要打锣打鼓，叫村里的人前来分享。当今这些大鱼当然被吃得绝种，在餐厅发现的，都是从缅甸等东南亚地区空运来，鳗鱼的生命力强，不会在中途死掉。

潮州人很喜欢鳗鱼，做法也多。用刀子切开，皮还连着，曲成一圈，用咸酸菜来炆。这些不过是雕虫小技，我见过一位大师傅做的，是把脊骨用力一拉，整条鳗鱼反了，肉包着皮的，那才是空前绝后的做法，已不复见。

家母喜欢吃鳗鱼，来香港小住时我常去菜市场买回来做给她吃。选最肥大的，用盐把皮上的潺去掉，头已切断了还活生生地跳动，把家中菲律宾家政助理吓个半死。洗干净后用枸杞子和天麻清炖给老人家吃，汤上那层肥油小心去掉，清甜得不得了。当今老人家走了，我也很少再下厨做这道菜。

在外国旅行时，看到美丽的湖泊，里面的鳗鱼又肥又大，没有人吃。尤其是在墨尔本住的那一年，到那里的植物园野餐，都有把湖中的鳗鱼全捞上来的念头。

说到大，最大的应该是在南太平洋看到的。当地人对鳗鱼有崇拜般的信仰，在淡水中饲养。我见过几条三四米长的，小孩子们都抚摸它们，当成玩具。那年去了大溪地，真想抓回来红烧，一定是天下美味。

在香港，从前有些铁板烧的店铺中，也把肥大的鳗鱼放在铁板上慢慢地煨。烤时用扁平的铁铲压着，令油流了出来，略焦后，淋上甜酱，"吱"的一声，传来阵阵的香味。后来再去光顾那家店，说大师傅已不再做了，可惜得很。想到此，有时间再去铁板烧铺子一间间找，也许可以寻回那失去的味道。

杯面颂

美国的网站"拉面评级"（THE RAMEN RATER）在 2013 年选出"全球十大最好味道杯面"，名次如下：

1. 印度尼西亚"营多捞面"（Indomie Mi Goreng Instant Cup Noodles）。

2. 日本"日清狄美面"（Nissih Goo Ta Demi Hamburg-Men）。

3. 韩国"农心黑色辛拉面"（Nongshim Shin Ramyun Black Spicy Beef Cup）。

4. 日本"七十一盐拉面"（Seven & I Shoyu Noodle）。

5. 韩国"Paldo Kokomen 牌香辣鸡肉面"（Paldo Kokomen Spicy Chicken Cup）。

6. 韩国"Ottogi 不倒翁百岁咖哩拉面"（Ottogi Bekse Curry Myon Cup）。

7. 印度尼西亚（Eat & Go Spicy Chicken Mi Instan Cup）。

8. 韩国"韩国传统牛骨面"（Paldo Gomtang）。

9. 中国香港"日清合味道咖喱海鲜杯面"（Nissin Cup Seafood Curry）。

10. 英国"孟买'坏男孩'风味泡面"（Pot Noodle Bombay Bad Boy Flavour）。

一般的食品和餐厅评价都不会很公平，依照他们本国的口味界定。就算"米其林"，法国可以相信，到了亚洲就有偏袒。其他的由杂志来评定，下广告的当然较有着数。这个杯面的选出全由个人口味，是一个叫 Hans Lienesch 的弱视人士。他自称从十二岁开始就迷上方便面，在二○○二年开始搜罗世界各地产品，之后在网上写食评，至今尝过一千种，写了过千个网志。

看过他的食评，相当详尽，分析面质汤底和配料，并拍下包装扮相及背后数据，以及煮前和熟后的照片，点击也达到二百万。为了宣传，方便面生产商也肯寄新产品给他评点。

我对他的判断较为信任，至少他不是团体意见，全属个人观点。可以不同意，但不能不说他不公平。而口味问题，全属个人喜恶，我虽然没吃过他那么多，也有个人的"十大"。首先，要认清楚制作产地，只挂招牌而在分厂做的，绝对吃不过。

第一位还是"合味道"，最原始的那种，配料有鸡蛋粒、小干虾和小肉块，但不喜他们的咖喱味或其他分类，认为已是邪道了。

爱"合味道"，还因它是第一个出杯面的，在宣传上他们不惜工本，三四十年前已在纽约大道上弄一个冒烟的大广告。

质量发展上也不遗余力，他们知道杯面一冲滚水，面团就会浮上来，下面的太熟，上面的生，所以他们研发了把面团夹在杯的中间的技法，消除这个弊病。拿到了特许之后，别人不可照抄，直到数年前特许过期，其他面商才采用这个方法制作。

第二名是"元祖鸡骨汤拉面"，它是碗形的杯面，虽然没有像"合味道"的把面团夹在中间，但面条十分容易浸透，汤料也含于其中，用滚水泡个三分钟即食。同样是日清的产品，注明以百分之百的国产鸡肉制成，里面还有一块四方形的脱水鸡蛋方块，味道好得不得了。

值得一提的是，每买一个杯面，会抽取 0.34 日元捐给联合国世界粮食计划署，保证有三千万日元赞助世界贫穷儿童。

有一年，中国台湾产品没有进入 Liehesch 的"十大"评级，大批中国台湾网民在网站留言，令他终于道歉。我认为这种做法十分多余，这是他个人的口味，怎能抗议？我是爱吃中国台湾的"维力炸酱面"的，它用圆桶形的包装，很细心地，一打开后就能看到有另一个圆筒，里面有两包配料，拿了出来打开，把第一包的汤料撒在面上，注入滚水，三分钟后把汤倒在空筒中，备喝。第二包是炸酱，拌了一边吃面，一边喝汤。

这个"维力炸酱面"，排名第三。

第四名是炒面，日本的 U.F.O.，也是日清产品，原本包装扁圆形，像一个飞碟，故称之。

新的包装也有四角形，上宽下狭，比圆形的更易熟，只要一分钟。取出液体的调味包和青苔包，再撕开顶上的蜡纸一角，露出有几个小洞的锡纸，就可以把滚水注入，一分钟后，把水从洞中倒掉。

这时面条中间的猪肉干都已烫熟，淋上液体调味料，混拌之后，再撒以青苔末，即可进食。味道酸酸甜甜，非常美味。

第五名是"一番"（SAPPORO），里面有酱油汤包，和小白菜、包心菜、红萝卜及玉米的配料，注入滚水三分钟后即可食用，稳稳阵阵，没有惊奇，亦不会失望。

第六名是日本的"担担面"，由 Acecook 出品，肉末、葱和担担面料已掺在面中，滚水烫三分钟后加液体的调味包，不辣死人，花生味十足。

第七名是泰国的"妈妈面"，杯外没有英文名字，分冬荫功及青咖喱两种味道，面条易熟，也很有弹性，吃辣的朋友会喜欢。

第八名才是印度尼西亚"营多捞面"，它基本上是炒面，有三种调味包，但无配料，吃起来有点寡。

第九名也是印度尼西亚的 Eat&Go，有更多的五包调味料，属于汤面。

第十名，是杯面的新贵，也是日本 Acecook 研发的，越南河粉 Oh! Ricey，分牛肉和鸡肉两种，粉条已经做得像样了，味道还嫌淡一点。吃时洒一点鱼露，就更好吃了。

名单中没有韩国产品，我也不担心他们抗议，这是个人喜恶问题。韩国面像上海面，没味道，不如加鸡蛋和碱水的面条那么有弹性，做成杯面，好吃有限，这是 Lienesch 分辨不出的。旅行时，行李中总有一个杯面，是睡不着时的最佳安眠药。杯面万岁！

普希金咖啡室

我们这次在莫斯科只停留三天，但是吃了三顿"普希金咖啡室"（CAFÉ PUSHKIN）。

怎么会？听我细诉。抵达后第一晚去了国家芭蕾舞剧场餐厅（RESTAURANT BOLSHOI），客人都是看完表演后去吃的，品味应该很高，水平也的确不错，但食物没有留下印象，反而是试了所有的全俄罗斯最高级伏特加，知道哪一个牌子的最好，这已很难得了。

第二天就专程去这家闻名已久的"普希金咖啡室"了。名叫咖啡室，其实是家甚具规模的餐厅，一共有四层楼，地下室是衣帽间。

普希金是最受俄国人尊敬的一位作家和诗人，很年轻就和人家决斗而死去，莫斯科市内有个普希金广场纪念他，餐厅以他为名，更响亮。

一走进去，的确古色古香，架子是从二楼搭到四楼，全是书，宏伟得很，墙挂古画，文艺气息非常之重，给客人历史悠久的感觉。

侍者都是千挑万选的人才，水平和欧洲大城市的名餐厅有得比，当他们听到我们叫了一瓶BELUGA Gold Line的伏特加时，已知道懂货的人来了，即刻搬出巨大的冰桶，里面插着被冰包围的佳酿。

接着，拿出一管器具，一头是个小铁锤，用它敲开了封住瓶口的冰；一头是根刷子，用来把碎冰拨开，然后一下子将樽塞起了，倒出一杯浓得似糖浆的酒，这是伏特加最正宗的喝法。大家一口干了，不会被呛住，很易下喉，证明是好酒。

未试过的客人一定会被这仪式吓着，其实BELUGA这块牌子的伏特加有数种级数，如果在高级超市买了这瓶Gold Line，就有这根器具奉送。俄国人也学尽资本主义，把伏特加卖到天价去了。

送酒的，当然是鱼子酱了。这里卖的当然也不便宜，但和西欧比较，还是合理的，而且斤两十足，质量极高。要了一客两千多块港币的，也可以吃个满足。

经常在侦探小说中提到"普希金咖啡室"，俄国走资本主义路线后，黑手党开始出现，旧老板当权，哪有不照顾手下的？他们的集中地，就是这家餐厅。

在等待上桌时，侍者奉上一大篮子的面包，有各种形状，掰开一看，竟然全部有馅，野生蘑菇的、羊肉碎的、牛肉碎的、橄榄的、各种泡菜的，应有尽有。香喷喷的刚刚烤出来，单单吃这篮面包，已是美味的一餐。

汤上桌，是个碗，上面有个盖，全是面包烤出来的，里面是俄罗斯汤。当然也有斯特加诺夫（beef stroganoff）、烤肉串、黄油鸡卷、俄式馄饨等，精致一点的，有烟熏鲟鱼，是个尖形的玻璃罩子，把现烤的烟封住，中间插着一棵香草，一打开，香味扑鼻，吃一块鲟鱼，是肚腩肉，肥美无比。

鹅肝酱用果冻的方式做出，一层鹅肝、一层猪头肉、一层羊脑，中间夹着啫喱，淋上特制的酱汁。虽然是个冷菜，但无腥味。

我一向对鸡没有什么好印象，这里做的只用鸡腿的部分，外面一层是卑尔根和面包粒，肉蒸得软熟，再油炸出来，吃进口，满嘴鸡肉的鲜味。

羊肉用羊肠卷起来，再拿去烧烤。牛肉不是神户的，但也那么多油和软熟，乳猪烤得像一块块的蛋糕，拌着芥末和其他香料做的啫喱吃。

甜品是侍者在桌边做的火焰蛋糕，里面的馅是雪糕，又冷又热，又香又甜。

伏特加开了一瓶又一瓶，当晚酒醉饭饱，问侍者说哪里可以抽烟？他用手指指着桌上："这里！一顿完美的餐宴，不以一根好雪茄结束，怎行？"

要是阻止黑手党大哥抽烟，也不太容易吧？我想。

"开到几点？"我又问。

"二十四小时。"他回答。

哈哈，这下可好，酒店的自助早餐，永远是花样极多，但没有一种是好吃的。翌日，我们又来到普希金咖啡室。各种丰富的英式炒蛋、煎蛋、焗蛋、水蛋当然不在话下，最难得的，是午餐晚餐的菜单，都可照点。侍者说："我们的大厨，也是二十四小时恭候。"

当然叫了香槟和鱼子酱当早餐，店里的香槟选择不多，要了瓶 BLANC DE BLANCS 喝完之后，照来伏特加。

临走那晚，去了家旅游册和网上都介绍的 TURANDOT（图兰朵），装修富丽辉煌，但一看菜单，竟有星洲炒面出现，即刻扔下小费逃之夭夭。好在普希金咖啡室就在旁边，又吃了一餐，而且菜式没有重复，除了伏特加。

"这家餐厅，是不是普希金故居改装的？"友人问。

其实两者完全没有关系。大概四十多年前，有个叫 Gil BécauD 的法国小调名歌手，跑去莫斯科演出，回到法国后他写了一首《娜塔莉》（Natalie）的歌，献给他的翻译娜塔莉，歌词是："我们在莫斯科周围散步，走进红广场，你告诉我列宁的革命名言，但我在想，我们不如到普希金咖啡室去喝热巧克力……"

这首歌脍炙人口，大家都想去莫斯科的普希金咖啡室，到了1999年，有个餐饮界奇才叫 Andrey Dellos，把它创造出来。店名是虚构的，但食物将古菜谱细心重现，真材实料。有兴趣的话可在网上找，而《娜塔莉》这首歌，也能在 YouTube 中看到原版。

鱼卵与鱼精

　　小时，家里斩鸡，爸妈对我宠爱，必将鸡腿夹给我。感到对不起姐姐哥哥，绝少去碰，但当见到鱼卵，我就老实不客气地独吞了。

　　长大后，到卖潮州粿的档口，看有鱼卵，必点来吃。卖的多是鲳鱼的，和母鱼体形一样，平平扁扁，也有西刀鱼或鲈鱼的卵，像管雪茄。

　　来到香港，听广府人叫鱼卵为"春"，原来春天是交配期，各种不同的鱼，海里的种类多，淡水鱼的"春"也不少。在朱旭华先生家里，吃到的上海葱烤鲫鱼，有点鱼冻，更有大量的"春"，好吃之极，至今念念不忘。

　　单独以鱼卵为主的菜，大多是蒸出来的；煎的话，很容易散开，吃起来不方便。要煎才香，那么最好是先蒸熟后，再用小红葱头爆之，滴几滴鱼露，特别美味。

　　刚到日本，半工读，过苦行僧的留学日子，当然吃不到什么高价的鱼卵。家父来探我，带到餐厅，叫了一客柳叶鱼（shishamo），上桌一看，二英寸大的鱼，肚子胀满了鱼卵。他对日本的美食知识颇深，都是由看小说和随笔得来，我望尘莫及。

身体的肉太硬是不吃的，只把柳叶鱼的肚子一口咬了，细嚼之下，那种香甜，无法以文字形容。后来这种鱼因海洋污染和拖网捕捞，近于绝种，当今吃到的多数来自加拿大，体形较粗，卵也多，香港人称之为多春鱼，可是一点也不好吃。偶尔在小食堂中找到野生日本产的，留下不少味觉回忆。

有些鱼卵一咬进口就觉得爽爽脆脆，香港人吃到了就说这是螃蟹的子，其实是属于有翅膀的飞鱼（Tobiuo）的卵，长久被骗。

另一种爽脆带硬的鲱鱼（Hering）卵，结成黄色的一片片，是日本人过年时必食的，在市场中也常见，买了回来一吃，咸得要命。原来这种称为"数之子"（katsu no ko）的，一般以重盐渍之，得浸清水过夜才能吃。这时味已淡，用鲣鱼汁煨之才美味。高级的数之子，是鱼把卵产在昆布的双面，切成长方形小片吃，两边黄中间绿，初试的人都不知道是什么东西。

在日本早餐中常出现的是明太子，把鳕鱼的卵染红来吃，韩国人还加了辣椒，更下饭。最后的是鲑鱼子，如果是新鲜的不必盐渍，一点也不咸，鲜甜得很。

更高级的当然是乌鱼子，日本人称为"唐墨"（Karasumi），形状像中国在唐朝传过去的墨。很多人还以为只是中国台湾盛产，其实希腊人、土耳其人也很爱此味，意大利人更把它拆散了铺在意粉上，是甚为流行的一道菜。

说到中国台湾乌鱼子，哪里的最好呢？生产最多的是高雄附近的"旗津"，整个乡村都在做，还有很巧手的工人会修补破烂了的黏膜，与从前的补丝袜异曲同工。

如果说乌鱼子是鱼卵中的黄金，那么鲟鱼子就是钻石了。一般的都很咸，吃不出鲜味。伊朗的最佳，刚从鲟鱼腹中取出即刻腌制，盐下得太多过咸，下得少又会腐烂，世界上也只剩下四五位技工拿捏得刚刚好，不贵也不行了。

鲤鱼肥时，在街市的小贩会把肚子一按，看流出来的是鱼卵或是鱼精了。前者便宜，后者身价贵了许多，这代表鱼的精子，是比卵子美味和珍贵。

一般人都不会欣赏鱼精，尤其是女性，有的还觉恶心，可是一旦爱上鱼精，便会不断地追求来吃。

在寿司店中较为常见的是鳕鱼的精子，雪雪白白地蜷曲成一团，略淋上点醋便能吃，口感黐黐黏黏，比煮熟了的猪脑好吃百倍。当然是春天产量最多，用来送清酒，一流。

天下极品，则是河豚的精了。在《入殓》一片中，殡仪馆老板当宝一样，在炭上烤了来吃，没试过的人看了也心动。

河豚精日语称为"白子"，在高级河豚店中，一客小小的一块，至少也要卖到四五百块港币。刺身固然好吃，用喷火枪略略一烤，异常之鲜美，而且一点也不觉得腥气。女性们试了一点，也即刻吃上瘾来。

河豚店里，除了河豚翅酒之外，还卖"白子酒"（shira sake）。把河豚精打散，放在杯底，再用煲得很热的清酒一冲，就那么喝，不羡仙矣。

至于河豚鱼卵，就连有数十年经验的师傅也不敢做。河豚的卵巢最含剧毒，但也可以吃，全日本也只有一两家在石川县的金泽会做。把卵巢用盐腌渍一年，再加公鱼汁和酒饼进去，让它发酵两年，让毒素完全清除，称之为"上子"，是一门濒临绝种的技法，有机会吃不能错过。

近年，鱼卵鱼精，已被视为胆固醇的结晶，食客敬而远之，在菜市场中卖得极为便宜，有些档口当你买鱼时还会奉送。我们这些喜爱的，嘻嘻笑偷偷吃，不告诉人，免得涨价。

想吃

在国内众多杂志中，《三联生活周刊》是一本可读性颇高的读物，每周有二十至三十万的发行量。这个数目在内地来说，算是很高的了。

杂志的资料收集相当齐全，尤其是他们的特辑。像第七二一期的"寻寻觅觅的家宴味道——最想念的年货"，更是精彩。以春卷开启正月初一，初二年糕，初三桂花小圆子，初四枣泥糕，初五八宝饭，初六火腿粽子，初七双浇面，初八豌豆黄，初九素馅饺子，初十腊味萝卜糕，十一干菜包，十二菜肉馄饨，十三芸豆卷，十四包子，而十五则以汤圆来结束。这些食物满足了东南西北的读者，尤其是背井离乡的，一定会有一种慰藉你味觉上的乡愁。

接下来，杂志详细地报道了香港的腊味、增城的年糕、顺德的鲮鱼、湖北莲藕与洪山菜薹、秃黄油、盐水鸭、天目笋干、灯影牛肉、汕尾蚝、白肉血肠、湖南腊肉、宁波鱼鲞、苏北醉蟹、叙府糟蛋、霉干菜、锡盟羊肉、香港海味、大白猪头、酱板鸭、金华火腿、天府花生、浙江泥螺、广西粽子、四川香肠、大连海参、西藏松茸、漾濞核桃、福州鱼丸、石屏豆腐、东北榛蘑、藏香猪、红龟粿、清远鸡、宣威火腿、闽南血蚶、油鸡枞、米花糖等。

从中，一定可以找到一些你从小吃的。即便你是中国人，也会有很多你听都没听过的。让人感到中国之大，自己的渺小；做三世人，也未必——尝遍，况且还有更多的做法。列举的这些，只是原食材而已。

杂志有个特约撰稿人叫殳俏，她老远地从北京来到香港深入采访，更去了潮汕和很多其他地方，数据是从她多年来为这本杂志写专题的过程中选出来的。

《生活周刊》的记者更遍布中国各地，由他们写自己最熟悉的食材，而不去介绍什么名餐厅、大食肆，是很聪明的做法。因为不是大家都去过，也不是众人吃得起的，那食材的介绍和推荐，就没话可说了。

不能说没有《舌尖上的中国》的影响，文字的记载跟纪录片的影像不同，给读者留下很大的思想空间。有时，是比真正吃到的更美味。

最有趣的是读到《秃黄油》这一篇。从名字说起，这道菜来自苏州，而苏州有些菜，极其雅致，名字却古怪。其实"秃"字就是苏州话的"忒"，"特别纯粹"的意思。纯粹以蟹膏和蟹黄，用纯粹的猪网油来炮制。蟹膏要黏，也要腻，其他菜都怕这两样东西，但"秃黄油"非又油又腻又黏不可，用来送饭，天下美味，亏得中国人才想得出来。

油腻吃过，来点蔬菜。我这一生，最爱吃的是豆芽和菜心，而梗是紫红颜色的菜心最甜了。菜心内地人又叫菜薹，杂志中介绍了洪山菜薹，令人向往。

菜薹是湖北人的骄傲，同纬度产地之中，也唯有湖北洪山的最清甜可口，很早就被当成贡品。流传至今的故事中，有三国时期孙权的母亲病中思念洪山菜薹，孙权命人种植洪山菜薹为母解馋，故亦叫"孝子菜"。苏东坡三次来武昌，也是为了找菜薹。我这次刚好要去武汉做推销新书的活动，已托友人找洪山菜薹。可惜对方说已有点过时节，那边土话叫"下桥"，但答应我找找有没有"漏网之菜"。

很多读者都知道我是一个"羊痴"。看杂志中的介绍，什么地方的羊肉菜看最美味？单单是羊汤一例，就有苏州藏书羊、山东单县羊、四川简阳羊和内蒙古海拉尔羊的"四大羊汤"，究竟哪里的羊肉敢称"天下独绝"？

在内蒙，有一个叫锡林郭勒盟的地方，简称为"锡盟"。住在当地多年的记者王珑锟给我推荐了多种吃法，从烤全羊开始介绍，最后反而没有提到羊汤。但不要紧，最吸引我的，是他说的奶茶和羊把肉。

锡盟人的早茶可以从八点喝到十点，除了奶茶和羊把肉，还有炸果子、肉包子、酸奶饼，再加上佐吃蒜蓉辣酱的血肠、油肠和羊肚。

手把肉的做法是：白水大锅，旺火热沸，不加调料，原汁原味。煮好的手把肉乳白泛黄，骨骼挺立，鲜嫩肉条在利刃下撕扯而出，吃时尽显男儿豪迈。

奶茶则与香港人印象中的完全不一样，是牧民把煮熟的手把肉存放起来，等到再吃时，把羊肉削为薄片，浸泡在滚烫的奶茶之中。奶茶是用牛奶和砖茶——就是我们喝惯的普洱，混合熬成，既可解渴，又能充饥，还帮助消化呢。

看了这篇文章之后，说什么，也要找个机会到锡盟去一趟了。

近年来爱上核桃，当成零食，没有什么比核桃更好的了。于是，开始收藏核桃夹子，每到一地必跑到餐具专卖店，询问有没有什么有趣的核桃夹子，加上网友送的，至少已近百把了。而核桃是哪里的最好吃呢？欧洲各国都有，但水平不稳定。去了澳洲，在墨尔本的维多利亚市场找到一种，也很满意。

中国的，我一向吃邯郸的核桃，可惜运到了香港，其中掺杂了不少仁已枯竭的，剥时一发现，即不快。中国核桃，还有什么地方出产的比邯郸更好？在《三联生活杂志》中一找，看到了有"漾濞核桃"这种东西，如果没有他们介绍，可真的不知道，连名字也读不出来。

那里的核桃像七成熟的白煮蛋那么细滑，果仁皮还稚嫩得像半透明的糯米糍。读文章，才知道漾濞还有一种专吃嫩核桃的猪，这可比吃果实的西班牙黑毛猪高级得多。看样子，当核桃成熟的九月，又得向云南的漾濞跑了。

微小又伟大的食物

油炸的食物，一向非我喜好。提起炸马铃薯条，心中发毛，看到别人在快餐店中狼吞虎咽，即刻转换视线，眼不见为净。

讨厌程度，简直是连碰也不能碰到。一接触炸薯条，手指马上有油腻腻永远洗不去的感觉；吃进口，喉咙即生疮发疱，咳出巨响，打几个喷嚏，伤寒就跟着来到。服药不愈，横卧数周方能罢休。

炸薯条还给我一个贫穷的印象，英国人的 fish'n chips（鱼和薯条）吃得津津有味，我总认为这是他们被德国轰炸得没东西吃的时候，才想出来的菜谱。

一面喝啤酒，一面猛吞炸薯片，我看了也觉得很恐怖。天下的酒那么多，为什么吃这种简陋的东西？超级市场中一筒筒一包包出售，货物可能是新鲜的，但在我眼中都过了期。

但是很奇怪，同样是油炸的东西，虾片却是例外，百食不厌，大量吞下，一点毛病也没有，我一看到虾片，即刻伸手，从不抗拒。

小时候看妈妈炸虾片，先下一大锅油（当然炸后再用），用筷子试一试油的温度之后，就那么把一片杯口大的干虾片放进去，瞬间炸开，膨胀了三倍来，这时手要快，即刻夹起，否则过火烣①了，发出苦味，就要整片扔掉，非常可惜。

妈妈把炸好的虾片分给姐姐、哥哥和弟弟，最后才做给我。知道我爱吃有点发焦的，火候控制得极佳，虾片中间粉红，四周的颜色较深，最为美味。

这时的虾片，可真是有声有色。吃进口，奇香无比，爽爽脆脆。嗦嗦声之后，一股香甜的液体流入肠胃，忍不住一片吃完又一片，不能停止。

放学，遇小贩，卖的虾片虽然没那么好吃，但仍掏尽零用钱，照买不误，我对虾片的喜爱，已经达到不可一日无此君的地步。

出国念书，妈妈在我的行李中塞了两盒虾片，是国货公司买的，盒上画着红色的大虾。独居海外，慰藉思乡情。我无师自通，第一次下厨已能把虾片炸出微焦来，和妈妈做的一模一样。

到印度尼西亚旅行，最多小贩卖了，他们把炸好的虾片装进一个三面是铁，一面玻璃的箱中，背在背上，拉着一条阔带子，用额头顶着，就那么四围贩卖，有时到乡下的田野，也能看到小

---

① 烣（nóng）：粤语词，相当于焦、煳。

贩出巡。

箱中除了虾片之外，还有圆形鱼饼，通常是炸得像一颗颗葡萄般大，一口一粒，味道也不错，不过没有虾片那么鲜美。

虾片是印度尼西亚菜中不可缺少的，他们的国食花生酱拌杂菜（Gado-gado），在各种蔬菜上洒上浓厚的酱汁，再铺数片虾片。印尼炒饭（Nasi goreng）已成为国际名菜，大酒店皆有，其中也附带虾片，各国的人尝过，都说虾片比饭好吃。

想知道是怎么一个做法，跑去制造虾片的渔村看，多数是家庭工业，把网到的活虾剥了壳，放进石臼中舂成肉浆，加大量的面粉，就那么用手压扁，日晒而成。也有大量生产的，卷成长条，再切薄片晒干。

当然做原料的虾新不新鲜是最重要的，而且粉加得愈多，味道愈薄。印度尼西亚之外，也有很多地方制造虾片，用的虾极少，又加了化学染料，做出五颜六色的虾片来。

这种虾片经常出现在粤菜中，像炸子鸡等，碟边一定被虾片围着。不管它有多么难吃，我宁愿要虾片不去碰鸡。一片又一片，吃完等于没吃，好不凄凉。

从此，我遇到劣等的虾片，就以"空虚"二字形容。吃了那么一大堆，什么感觉都没有，不是空虚是什么？

一大盒虾片，在市场上买到的，不过是十几二十块，打开包装，里面至少有三四十块晒干的虾片，油炸后发胀，几个大玻璃瓶都装不下。为什么我们一直要容忍那种少虾和大量面粉的东西？为什么我们不可以做得好一点，卖得贵一点？

日本人做生意就要求十全十美，有一家叫"坂角总本铺"的公司，生产了一种叫"tenmari"的虾片，独立包装，一块一片锡纸包着，虾肉用得极多，非常甘甜香脆，而且发明了新技术，炸得又扁又平，是我吃过的虾片之中最好的。一分钱一分货，一盒精美的三十片虾片，要卖三千日元，合港币二百二十块左右①，是送礼用的。我通常买的是礼盒的，一片虾片九十日元。吃个不停，加起来也是个大数目。

日本各大百货公司的食品部都有此货出售，直接订购也行。

相信中国产品一定比日本的廉价，只要不偷工减料，绝对有生意可做。随着生活水平提高，我们不能停留在从前吃次货的阶段。

学习制造高档食品的方法，不如学习精益求精的精神。

———————————

① 此处应为 2004 年的汇率，按今天的汇率，3000 日元约合 160 港元。

匈牙利厨房

二十五年前，当我第一次来布达佩斯时，认识了名画家安东·莫纳，当时他还只是一个寂寂无名的小子。

"带我去全城最好的一家餐厅，我请客。"我说。

萨泽夫斯（*Szazeves*）是他最想去的，但是吃不起，这次他便带他的女朋友克丽丝蒂娜和一个时装模特儿一起来了，四人进店坐下。

"喝什么餐前酒？"侍者问。

我一看餐牌，有五种，向他说："全要。"

五个水晶玻璃杯一字形排开，倒出来的都是烈得不得了的水果酒，一口气干掉，即刻快乐起来。

四分之一世纪后安东和我重游，第一件事，当然又去那家餐厅怀旧一番。这时的匈牙利国内出现了无数一流餐厅，但是这家餐厅老板依然故我，装修没有改变，已是百年老店，食物还保持极高的水平。

这次同样要了五杯烈酒，吞下肚，感到一阵热气。一大碟的前菜上桌，里面的匈牙利典型小食应有尽有。正想吃时，四个人的吉卜赛乐队围了上来，开始表演节奏极快的《匈牙利狂想曲》，气氛马上卷起高潮。

红酒、白酒不断添加，美食一道出了又一道。看过一部叫《黄昏之恋》（Love in the Afternoon）的电影，男主角加里·库珀身边永远有个吉卜赛乐队跟着，为他奏出《诱惑》（Fascination），这次也请乐队来这首歌。

听得女伴杨峥和涓子如痴如醉，乐队领班里戈·杨奇（Rico Jancst）又再用他的小提琴弹出各种鸟叫声，有点像我们的《百鸟归巢》，众人大乐。

最后上的是甜品，各种不同的做法，非常地道，是在法国、意大利餐厅吃不到的，配以匈牙利最好的甜酒托卡伊（Tokaj），天衣无缝。安东和我一杯又一杯，二十五年前像是昨日，眨眼间的事了。

整间餐厅的建筑又长又深，里面是一个花园，天热了可坐客人。装修不豪华奢侈，更显得亲切近人。酒店派送的旅游册上不会看到它的名字，但绝对是一家不可错过的食肆，你到布达佩斯时不妨一试，价钱也是合理的。

第二个晚上，安东带我去他最喜欢的一家餐厅，叫"祖母南茜"（Nancsi Neni）。

核桃和梧桐树下，坐满了客人，餐厅的室内也颇为宽大，装修得朴实，桌子上面的架子摆着铜锅和铁铲等各种厨具，墙上摆了醋浸的蔬菜玻璃瓶子。

餐牌的封面印着一张发黄的照片，是一对夫妇，文字写着："只有母亲和祖母知道生活是怎么一回事。"看着她们的孩子吃一顿，就能令她们快乐。好像在说：我给你们好的东西吃，我给你们美好的一生。

一个男人，如果没有一个女人对他充满了爱意，望着他吃东西的话，他一定是一个不快乐的男人。

把食物贡献给他，好像在说："活吧！"如果这些食物给他带来欢乐，就好像在说："活得高兴一点吧！"

的确，祖母南茜的食物带给了我快乐，匈牙利名汤古雅什（Goulash）①在这里做得非常精彩。如果你问我，一生之中喝过最满意的西餐汤汁在哪里，我的答案肯定是在这家馆子。

汤并不是一碗碗来的，而是用一个巨大的瓷器盛着，一锅子上桌，任客人要喝多少是多少，喝完了再添。在家庭中绝对吃不到那种味道，牛肉不会入口即化。各种蔬菜都已溶入汤中，极为香甜和浓厚。单单是汤和面包一块儿吃，就已经不必其他餸菜了。

但是祖母做的菜，绝对不止一道，古雅什喝完，再上煲清汤，

---

① 古雅什（Goulash）：又译为匈牙利红烩牛肉或菜炖牛肉。

这和广东祖母的老母鸡汤有异曲同工之处。再来的鱼汤，虽然不像马赛的普罗旺斯鱼汤那么精彩，但也很香浓。

奇怪的是，匈牙利这个国家被大陆包围着，看不到海，为什么鱼汤也做得好呢？原来用的都是多瑙河中的河鲜。这家有一道鲇鱼菜，用大量的蒜头把鱼爆香后，再以甜的灯笼椒和各种香料去煨，也是绝品。

乡村式的烤鹅，鹅皮酥脆，一片鹅夹了一片鹅肝，铺着核桃和樱桃酱，是用钵酒①熬出来的，加上匈牙利藏红花（Saffron）香料，色香味俱全。

红烧恰尔达（Csarda）牛肉不容错过。"Csarda"是匈牙利乡下餐厅的意思，他们用大锅子加种种香料和蔬菜，把牛肉块红烧得软熟，吊味的竟是大量的鹅肝酱，并非英美的牛扒那么简单。

焗猪手一大块上桌，皮炸得香脆之后，再用灯笼椒、蒜头和酸忌廉去焗熟，秘方在于不是普通猪手，而是烟熏后风干的。

店主说："我最初是航海的，过了五年的漂泊生活，疲倦后我决定开一家餐厅，与众不同的餐厅，别的地方要付高价，我这里会让你感觉到便宜得要命。我的菜的分量一定要大，就像我祖母做的，她叫南茜，我就用她的名字开这家餐厅。"

---

① 钵酒：又称波特（Porto）酒，产自葡萄牙。

图书在版编目（CIP）数据

俗得可爱 吃得痛快 ：蔡澜日记随笔精选 /
（新加坡）蔡澜著. -- 北京 ：现代出版社，2025. 5（2025. 7重印）
ISBN 978-7-5231-1374-5

Ⅰ. I339. 65

中国国家版本馆 CIP 数据核字第 2025D2D891 号

北京市版权局著作权合同登记号 图字：01-2025-0834

俗得可爱 吃得痛快：蔡澜日记随笔精选
SUDE KEAI CHIDE TONGKUAI CAILAN RIJI SUIBI JINGXUAN

著　　者　　（新加坡）蔡澜

选题策划　　大愚文化
责任编辑　　裴　郁
产品监制　　王秀荣
特约编辑　　雷　雷
装帧设计　　付诗意
插画绘制　　皇小小
版式设计　　马瑞敏
责任印制　　贾子珍
出版发行　　现代出版社
地　　址　　北京市安定门外安华里504号
邮政编码　　100011
电　　话　　(010) 64267325
传　　真　　(010) 64245264
网　　址　　www.1980xd.com
印　　刷　　大厂回族自治县彩虹印刷有限公司
开　　本　　880mm×1230mm　1/32
印　　张　　8.25
字　　数　　100千字
版　　次　　2025年5月第1版　2025年7月第3次印刷
书　　号　　ISBN 978-7-5231-1374-5
定　　价　　49.00元